황토기

황토기

▌2012년 3월 10일 발행

▌지은이_ 김동리
펴낸이_ 박준기
펴낸곳_ 도서출판 맑은소리
주소_ 서울시 금천구 가산동 550-1 롯데 IT캐슬 2동 1206호
전화_ 02-857-1488
팩스_ 02-867-1484
등록_ 제10-618호(1991.9.18)

▌ISBN 978-89-7952-164-1 03810

25
다시읽는 김동리

황토기

맑은소리

추천의 말_문학, 지성과 품성을 만드는 생명의 언어

허병두(서울 숭문고 교사, 교육부 독서교육발전자문위원회 위원, EBS FM '책과의 만남' 진행자, '책으로 따뜻한 세상 만드는 교사들' 대표)

문학작품은 우리네 삶을 들여다보는 거울이다. 그 거울은 작가의 예리한 통찰력과 풍부한 상상력으로 닦여져 읽는 이의 눈을 예리하게 틔워주고 그윽하게 만든다. '자, 세상은 이런 거야. 그리고 삶은 이렇게 사는 거야.' 빛나는 거울 속에서 퉁겨져 나온 언어들이 세상과 인생의 깊은 속내를 전해준다. 때로는 깊은 생각에 턱을 고이게 하고, 때로는 격렬하게 가슴을 적셔오는 언어들……. 문학은 바로 이러한 언어들의 축제다.

그래서 문학작품은 영혼이 푸른 시절에 읽으면 더욱 좋다. 잔잔한 아침바다 위에 떠오른 해류들이 먼길을 떠날 채비를 서두르며 뒤척이듯이, 문학작품은 삶이라는 망망대해로 떠나가는 작은 조각배를 생기롭게 한다. '그래, 이쪽으로 가는 거야. 바로 여기가 삶의 보물이 묻혀 있는 곳이지.' 이처럼 문학작품은 푸른 영혼들의 삶에 방향을 제시하며 인생을 풍요롭게 해준다.

그런 측면에서 볼 때 도서출판 맑은소리의 한국 대표작가 문학선집 '다시읽는 명작 시리즈'는 청소년들이 읽기에 안성맞춤이다. 명작이라고 그저 활자들의 감옥처럼 만들어 딱딱하고 고압적인 느낌이 들게 했던 종래의 책들과는 달리 이제 막 세상에 눈을 뜨는 청소년 독자들이 읽기 좋게 여러모로 배려되어 있다.

1920~1930년대의 문학작품들에서 출발하여, 1920년 이전의 근대문학부터 최근의 현대문학에 이르기까지 계속해서 폭넓게 기획·출간될 이 시리즈는 특히 원전을 고스란히 살리되 해당 작가의 작품 세계를 대표하는 엄선된 작품들, 그리고 작품의 깊은 속내를 충분히 이해하고 즐길 수 있도록 그려진 삽화들 덕분에 책을 읽고 난 독자들은 그 작가의 나머지 작품 세계까지도 파고들고 싶은 욕심이 날 듯싶다.

문학은 생존 이전에 인간이 지녀야 할 지성과 품성을 만들어주

는 생명의 언어들이다. 모쪼록 여러분의 삶을 늘 지켜주고 밝혀줄
생명의 언어들을 '다시 읽는 명작 시리즈'에서 만나기를 바란다.
여러분이 책갈피를 넘기며 만나게 되는 빛나는 언어들은 어느 험
한 굽이에서 여러분을 굳게 잡아줄 것이다.

차례

화랑의 후예

1

황 진사(黃進士)를 처음 알게 된 것은 지난해 가을이었다.

아침을 먹고 등산을 할 양으로 신발을 신노라니 윗방에서 숙부님이 부르셨다.

"오늘 네 날 따라가 볼래?"

숙부님은 방문을 열고 툇마루에 나오시며 이렇게 물었다.

"어디요?"

"저 지리산에서 도인이 나와 사주와 관상을 보는데 아주 재미난단다."

"싫어요, 숙부님께서나 가슈."

나는 단번에 거절하였다.

"왜, 싫긴?"

"난 등산할 참인데……."

"것두 좋긴 하지만…… 오늘은 특별히 한번 따라와 봐……. 무슨 사주 관상 뵈이는 게 재미난단 말이 아니라, 그런 데서도 배울 게 있느니…… 더구나 거기 뫼드는 인물들이란 그대로 조선의 심볼들이야."

"조선의 심볼요?"

나는 반쯤 웃는 얼굴로 이렇게 물은즉, 숙부님도 따라 웃으며,

"그렇지, 심볼이지."

하였다.

이리하여 '조선의 심볼'이란 말에 마음이 솔깃해진 나는 등산하려던 신발을 끄르기 시작하였다.

파고다 공원에서 뒷문으로 빠지면 서울 중앙 지점치고는 의외로 번거롭지도 않은 넓은 거리가 두 갈래로 갈려져 있고, 바로 그 두 갈래로 갈려지는 길목에 '중앙여관'이란 간판을 걸고 동남쪽으로 대문이 난 여관이 있고, 이 여관에 소란한 차마(車馬) 소리와, 사람의 아우성과, 입김과 먼지와, 기계의 비명이 주야로 쉬지 않는 도시의 심장 속에—접신(接神) 통령(通靈)의 간판을 내걸고 손님을 기다리고 있는 '도인'이 있다.

방 안에는 많은 사람이 있었다. 술이 묻고 때가 전 옷을 입고 눈

에 핏줄들을 세우고 볼에 살이 빠져 광대뼈들이 불거진 불우한 정객 불평 지사들이며 문학가, 철학가, 실업가, 저널리스트, 은행원, 회사원 들이 무수히 출입하고 금광쟁이, 기미꾼(期米꾼:쌀 투기꾼)들이 방구석에 뒹굴고 있었다.

　나는 무슨 아편굴 속에나 들어온 것처럼 기분이 불쾌했다. 내가 얼굴을 붉히며 숙부님을 향해 얼른 다녀 나가자는 눈짓을 했을 때, 그러나 숙부님은 나의 눈짓에 응한다기보다는 분명히 묵살을 하고 나를 좌중에 소개를 시키셨다. 바로 그때,

　"아, 이분이 김 선생 조카 되시는 분이구랴."

하고, 거무추레한 두루마기에 얼굴이 누르퉁퉁한, 나이 한 육십 가량 된 영감 하나가 방구석에서 육효(六爻: '주역'에서 말하는 64괘의 여섯 가지 획수)를 뽑다 말고 얼굴을 돌리며 어눌한 음성으로 이렇게 물었다. 그는 하도 살아갈 지모(智謀)가 나지 않아 육효를 뽑아 보았노라 하면서 반가운 듯이 삼촌 곁으로 다가앉았다. 그의 까닭 없이 벗겨진 이마 밑의 두 눈엔 불그스름한 핏물 같은 것이 돌고 있었다. 내가 자리를 고치고 머리를 굽히려니까,

　"괘, 괜찮우, 거, 거 자리에 앉우."

하고 손을 내저으며,

　"나 황일재(黃逸齋)우, 이 와, 완장 선생과는 참 마, 막역지간이

우."

하는 것이었다. 좌중의 시선이 모두 나에게 집중된 듯하였다. 바로 그때였다. 나와 바로 마주 앉은 접신 통령의 도인은 그 손톱자국과도 같이 생긴 조그마한 새빨간 눈으로 몇 번 나의 얼굴을 흘낏흘낏 보고 나더니,

"부모와는 일찍 이별할 상이야."

불쑥 이렇게 외쳤다.

"형제도 많지 않고, 초년은 퍽 고독해야……."

하고, 또 인당(印堂:관상에서 양쪽 눈썹 사이를 이르는 말)이 명윤하고 미목(眉目:눈썹과 눈)이 수려하니 학문에 이름이 있으리라 하고, 준두(準頭:코끝)와 관골(觀骨:광대뼈)이 방정해서 중정에 왕운이 있으리라 하고, 끝으로 비록 부모가 없더라도 부모에 못하지 않은 삼촌이 계셔서 나의 입신출세에 큰 도움이 되라 하였다.

나는 어쩐지 쑥스럽고 거북하여져서 얼굴을 붉히며 그만 자리를 일어나 버렸다. 내 뒤를 이어 숙부님이 일어나시고 숙부님을 따라 황일재 황 진사가 밖으로 나왔다.

파고다 공원 뒤에서 황 진사는 때 묻은 헝겊 조각 같은 모자를 벗어 쥐고 그저 몇 번이나 절을 하고 나서 공원으로 들어가 버렸다.

"어디루 가우?"

숙부님이 물으신즉,

"나 여기 공원에서 친구 좀 만나구⋯⋯."

했다.

해는 오정에 가까웠다. 구름 한 점 없이 갠 하늘엔 북한산이 멀리 솟아 있었다. 안타까움에 내 몸은 봄날같이 피곤하였다.

2

나뭇잎이 다 지고 그해 가을도 깊어졌을 때다. 삼촌은 금광에 분주하시느라고 외처에 계시고 없는 어느 날 아침 막 밥상을 받고 있으려니까, 문밖에서 '에헴' '에헴' 연달아 헛기침 소리가 나더니,

"일 오너라—."

하고, 부르는 소리가 났다. 밥숟가락을 놓고 문 밖으로 나가 보니, 어느 날 관상소에서 육효를 뽑고 있던 그 황 진사였다. 이날은 처음부터 그 '조선의 심볼'이란 생각을 머릿속에 가지지 않은 탓인지, 처음 보았을 때처럼 그렇게 불쾌하거나 우울하지도 않고, 그보다도 다시 보게 된 것이 나는 오히려 반갑기도 하였다.

"웬일로 이 추운 아침에 이렇게⋯⋯."

인사를 한즉,

"괘, 괜찮우, 거 완장 어른 안 계슈?"

하는 소리는 전날보다도 더 어눌하였다. 그 푸르죽죽하고 거무추레한 고약 때 오른 당목 두루마기 깃 밖으로 누런 털실이 내다뵈는 것으로 보면 전날보다 재킷 한 벌은 더 입은 모양인데도 그렇게 몹시 추운 기색이었다.

"네, 숙부님 마침 출타하셨어요."

한즉,

"어디 출타하신 곳 모루, 예서 얼마나 머, 멀리 나가셨수?"

"네."

"언제쯤 도, 돌아오실 예, 예정……."

"글쎄올시다, 아마 수일 후라야……."

한즉, 갑자기 그는 실망한 듯이,

"아아 이."

하는 소리가 저 목구멍 속에서 육중한 신음과도 같이 들려왔다.

"어쩐 일로 오셨다가…… 춘데 잠깐 들오시죠."

한즉, 그는 두루마기 속에 찌르고 있던 손을 빼어 모자를 쥐려다 말고 한참 동안 무엇을 망설이며 내 눈치를 보곤 하더니, 모자를 잡으려던 손으로 콧물을 닦으며 왼편 손은 사뭇 두루마기 속에서 무엇을 더듬어 찾고 있었다.

"이거 대, 대, 댁에 잘 간수해 두."

하며 종잇조각에 싼 것을 주는데 받아서 보니 이건 흙에다 겨 가루를 섞은 것 같아 보였다.

"……?"

내가 잠자코 의아한 낯빛으로 그를 쳐다보려니까, 그는 어느덧 오연(傲然)한 태도를 가지며 위엄 있는 음성으로,

"거 쇠똥 위에 개똥 눈 겐데 아주 며, 며, 명약이우."

한다. 나는 그의 말뜻을 바로 이해할 수 없어 어리둥절해 있으려니까,

"허어, 어떻게 귀중한 약인데 그랴!"

하며 그 물이 도는 두 눈에 독기를 띠고 나를 노려보았다. 내가 민망해서,

"대개 어떤 병에 쓰는 게죠?"

하고 물은즉,

"아, 거야 만병에 좋은걸 뭐."

하며 나를 흘겨보고 나서,

"거, 어떻게 소중한 약이라구…… 필요할 때는 대, 대갓집에서도 못 구해서들 쩔쩔매는 겐데, 괜히……."

그는 목을 내두르며 무척 억울한 듯한 시늉을 하였다. 나는 왜

그가 이렇게 공연히 분개하고 억울해 구는지를 알 수 없어, 한순간 내 자신을 좀 반성해 보고 있으려니까 그도 실쭉해서 잠자코 있더니 갑자기,

"괘애니 모르고들 그랴."

또 한 번 고함을 질렀다.

내가 막 아침 밥상을 받았다 두고 나간 것을 언짢이 생각하고 몇 번이나 힐끔힐끔 밖을 내다보시고는 하던 숙모님이, 기다리다 못해,

"얘, 무얼 밖에서 그러니?"

하고, 어지간하거든 손님을 모시고 안으로 들어오라는 듯이 '밖에서'란 말에 힘을 주어 주의를 시킨다. 바로 그때였다.

"거, 아침밥 자시고 남았거든 좀……."

하며 입가에 비굴한 웃음을 띠고 고개질을 하는 양은 조금 전에 흙가루를 내어놓고 호령할 때와는 딴판이었다.

나는 그를 방에 안내한 뒤 나의 점심밥을 차려 내오게 하였더니 그는 밥상을 받으며 진정 만족한 얼굴로,

"이거 미안하게 됐소구랴."

하였다.

그는 밥을 한입에 삼킬 듯이 부리나케 퍼먹고 찌개 그릇을 긁고

하더니, 숟가락을 놓기가 바쁘게 곧 모자를 쥐며 자리에서 일어났다. 몇 번이나 절을 하곤 했으나, 아까 하던 약 말은 아주 잊어버린 듯이 다시는 아무런 말도 없었다.

그 후 사흘째 되던 날 아침에 또 황 진사가 찾아왔다. 이번에는 그의 친구라면서 그보다 키는 더 크고 흰 두루마기는 입었으되 그에 지지 않게 눈과 코와 입이 실룩거리는 위인이었다. 이 흰 두루마기 친구는 어깨에 먼지투성이가 된 자그만 책상 하나를 메고 왔다. 황 진사는

"이거 댁에 사두."

하고 거의 명령하듯이 이렇게 말했다.

"글쎄올시다, 별루……."

"아아이, 값이 아주 염하니 염려 말구 사두."

"그래두 별루 소용이 없는걸……."

"아아이, 값이 아주 염하대두 그래."

"……."

"자, 오십 전 인 주."

황 진사는 그 누르퉁퉁하고 때가 묻은 손바닥을 내 앞에 펴 보였다.

"글쎄, 온 소용이……."

"그럼 제에길, 이십 전만 내구 맡아두."

"……."

"것두 싫우?"

"……."

"그럼 꼭 십 전만 빌려주."

황 진사는 어느덧 콧구멍을 벌름거리며 애걸을 하였다.

"나 그날 댁에서 그렇게 포식한 이래, 여태 굶었수다. 여북 시장해서 이 친구를 찾아갔겠수. 아 그랬더니 이 친구도 사정이 딱했던지 사무 보는 이 책상을 내주는구랴."

그는 손으로 콧물을 닦아 가며 한참 신이 나서 떠들어대었다. 그의 친구란 사람은 연방 입을 실룩거리며 외면을 하고 서 있었다.

한 오 분 뒤, 내가 안에 들어가 돈 이십 전을 주선해 나와 그들에게 주었을 때, 그들 두 사람은 무수히 절을 하고 나서 책상을 도로 메고 가 버렸다.

3

길바닥이 얼어붙고 먼 산에 눈이 치고 그해는 이른 겨울부터 몹시 추웠다. 그동안 숙부님은 몇 번이나 집에 다녀가시고 관상소

출입도 더러 있는 듯하였다. 그러나 황 진사의 얼굴은 그 뒤로 뵈지 않았다. 다만 삼촌을 통해서 그의 시골이 충청도 어디란 것과, 그의 문벌이 놀라운 양반이란 것과, 그의 조상에는 정승 판서 따위가 많이 났다는 것과, 그 자신도 현재 진사 구실을 한다는 것과, 그의 머릿속은 자기 가벌에 대한 자존심으로 가득 차 있다는 것들이었다.

그런데 그 가운데 한 가지 우스운 것은 그가 곧장 진사 노릇을 한다는 것이다. 그것도 처음 관상소에서 어느 장난꾼이 농담 삼아 그에게 서전과 춘추를 외게 하여 강급제를 주고 진사라 부르기 시작한 것인데 그 후로 만나는 사람마다 반 조롱으로 '황 진사' '황 진사' 부르게 되니, 그러나 '황 진사' 자신은 조금도 어색해하지 않고 오히려 그럴싸하게 여겨 이즘 와서는 아주 뽐내고 진사 행세를 한다는 것이다.

어느 몹시 추운 날이었다. 아궁에 불을 넣고 방구석에 숯불을 피우고 나는 온종일 책상에서 일을 하고 있었다. 낮이 짐짓했을(어떤 때가 지난 듯한) 때다. 밖에서,

"일 오너라—"

하는 소리가 마치 '사람 살리우' 하는 소리같이 바람결에 싸여 들어왔다. 나가 보니 황 진사가 연방 손으로 콧물을 닦고 서 있는 것

이다. 나는 대체 얼어 죽지나 않았나 하고 궁금해 하던 차라 이렇게 다시 보게 된 것이 진정 반가웠다.

나는 곧 그를 나의 방에 안내한 뒤,

"그런데, 그동안 어떻게 지냈어요?"

한즉,

"거야 친구 집에서 지냈지요, 뭐. 흐흐……."

하며, 재미난 듯이 웃었다.

"아, 참, 완장 선생은 여태 안 왔시우?"

"수차 다녀가셨지요."

"아, 그렁 거루 난 여태 한 번두 못 뵈었으니 이거 죄송해서 흐흐……."

그는 숯불을 안고 앉아 또 히히거리고 웃었다.

흰떡을 사다 숯불에 구워서 그에게 대접을 하고 나는 아까 하다 둔 일을 마저 해치울 양으로 잠깐 책상에 앉아 있으려니까, 그는 언 것과 구운 것도 가리지 않고 한참 부지런히 집어먹더니 그동안 흥이 났는지 아주 목청을 뽑아서,

"관관저구(關關雎鳩)는 재하지주(在河之洲)로다, 요조숙녀(窈窕淑女)는 군자호구(君子好逑)로다."*

---

*《시경(詩經)》〈주남〉의 맨 처음에 실려 있는 관저(關雎) 첫 구절.

　"관관이 우는 물수리 새는 섬 가에 있고, 아리따운 아가씨는 군자의 짝이라네."

하는 대문(大文:글의 한 동강이나 단락)을 외곤 하였다.

나는 그동안 책상에 앉아 있느라고 모른 체하고 있으니까,

"아, 성인께서도 실수가 있단 말야!"

그는 나를 바라보며 이렇게 소리를 질렀다.

"아, 공자님께서 시전에 음문(淫文:음란한 글)을 두셨거던!"

그는 무슨 큰 문제나 발견한 듯이 나 있는 쪽을 곁눈질로 흘겨보며 마구 기염을 뽑는 것이다.

그래도 내가 모른 체하고 있으려니까 그는 화로 곁에서 일어서더니, 두루마기 자락을 뒤로 젖히고 저고리 섶을 위로 쳐들고 손을 넣어 무엇을 꺼내는 시늉을 하였다. 나는 속으로 옷의 이를 잡아내어 숯불에 넣으려는 겐가 하고 있는데, 그는 또 한 번 나 있는 쪽을 흘겨보고 나서 배에 두르고 있던 때 묻은 전대 하나를 꺼내었다. 전대 속에는 네 귀가 다 이지러지고 종이 빛까지 우중충하게 묵은 모필 사책 한 권과, 백지로 싸서 노끈으로 친친 감아 맨 솔잎 한 줌과, 휴지 조각 몇 장이 나왔다.

"거 무슨 책이유."

내가 이렇게 물은즉,

"아, 주역 책이지 그랴."

하고 된소리를 질렀다. 과연 그 이지러진 네 귀마다 넓적넓적한

괘가 그려져 있는 것으로 보아 주역 책임에 틀림은 없는 모양이었다. 그런데 주역 책을 왜 하필 전대에 넣어서 두르고 다니느냐고 물은즉,

"아, 공자님께서도 역은 삼천독을 하셨다는데 그랴."

하고, 된소리를 질러 놓고 나서, 다시 조용히 음성을 낮추어,

"아, 여북해 지략의 조종이요, 조화의 근본 아니오."

하였다. 나는 처음 관상소에서 그를 보았을 때부터 '하도 지모가 나지 않아 육효를 뽑아 보았노라' 한 것을 들은 일이 있어서 그가 평소 얼마나 이 '지략'과 '조화'를 부려보고 싶어하는 위인인가를 짐작은 할 수 있었지만, 이와 같이 언제나 몸에 지닌 솔잎 한 줌과 네 귀 모지라진 주역 속에서 우러난 음양오행의 지모 조화가 겨우 '쇠똥 위에 개똥 눈' 흙가루 약과, 친구의 책상을 들리고 다니는 것쯤인가 하고 생각할 때 나 자신도 모르게 한숨이 새어나왔다.

저녁때가 되어 그는 전대를 다시 배에 두르고 돌아갔다. 종종 오라고 한즉, 매양 신세를 끼쳐서 미안하다고 하며 절을 몇 번이나 하였다.

그해 겨울 그는 내가 성이 가시도록 자주 나를, 아니 내 삼촌을 찾아왔다. 그는 언제나 나를 볼 때마다 오랫동안 삼촌께 못 뵈어 죄송하다고 하였다.

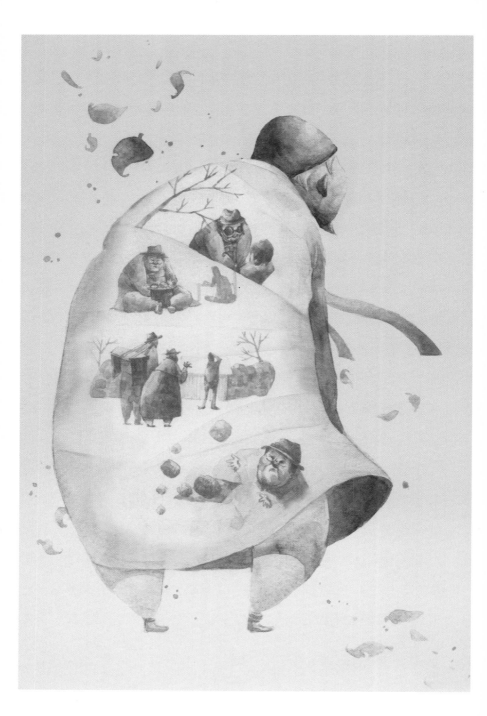

그는 나에게 한시를 지어달라면서 사오차(四五次)나 운자를 가지고 왔다. 어디 쓰느냐고 물으면 친구의 환갑잔치에 내노라고 한다. 친구가 누구냐고 물으면 이 참봉, 윤 승지, 무슨 참판, 어디 남작 하고 모조리 서울서도 유수한 대가와 부자들의 이름만 꼽지만 거리에서 그가 어울려 다니는 것을 보나 가끔 친구라고 데리고 오는 것을 보면 그의 말과는 딴판으로 황 진사 자신보다 별로 유여(有餘:모자라지 않고 넉넉하다)한 축들도 아니었다.

좋은 규수가 있으니 장가를 들지 않겠느냐고, 그는 여러 차례 나를 졸랐다. '좋은 규수' 가 어딨느냐고 물으면, 단번에 친구의 딸이라 하고, 어떤 친구냐고 하면 무슨 승지, 무슨 자작 하는 예의 대갓집 따위를 꼽았다. 색시 얼굴이 어떻게 생겼더냐고 하면 매양 자기의 누르퉁퉁하게 부은 얼굴을 가리키며 이렇게 아주 유복스럽게 생겼다고 한다. 내가 웃으며, 색시가 일재 선생 같아서야 좀 재미 적다고 하면,

"아, 일등 규수라는데 그랴."

하고, 화를 내었다.

"그렇지만 너무 육중해서야."

하면,

"아, 거기 식록(食祿:녹봉)이 들었는걸 그랴. 아, 여북해 일등 규수

라는데 그래도 못 믿어서 그랴."

하고 기를 쓰곤 하였다.

4

눈에 고인 물이 눈물이라면 황 진사의 두 눈에는 언제나 눈물이
있었다. 그는 가끔 나에게 그가 혈육 없는 것을 한탄하였다. '친
구' 집 회갑 잔치 같은 데서 떡국 그릇이나 배불리 얻어먹고 술기
라도 얼근해서 돌아오는 날은,

"아, 명가 종손으로 혈육 한 점이 점 없다니, 천도가 무심하지
그랴."

대개 이런 말을 했다.

"혼담은 사방 있지만, 어디 천량이 있어야지."

이런 말도 하였다.

언젠가 숙모님이, 그의 맘에 제일 드는 규수의 나이와 이름을
물었더니, 하나는 열아홉 살이고 하나는 갓 스물인데, 열아홉짜리
는 성이 오 씨고, 갓 스물짜리는 윤 씨라 하였다.

"열아홉 살?"

듣던 사람이 놀라니,

"아, 자식을 봐야지유."

하였다.

　숙모님이,

"좀 나이 짐짓해두 넉넉할걸 뭐."

하니,

"그야 그렇지유. 허지만 암만하면 젊은 규수를 당할라고."

하는 것이, 아무래도 그 열아홉 살인가 갓 스물인가 난 규수에게
마음이 가는 모양이었다.

　이런 일이 있은 지 며칠 뒤, 숙모님이 황 진사의 중매를 들게 되
었다. 그즈음 황 진사는 거의 날마다 우리 집에 들르게 되어 그의
딱한 형편을 은근히 걱정하고 있던 숙모님은, 그때 마침 집에 돌
아와 계시던 숙부님과 의논하고, 그를 건넛집 젊은 과부에게 장가
를 들게 해주자고 하였다. 나는 물론 그리 되기를 원했다. 숙부님
도 웃는 얼굴로,

"몰라, 허기야 저도 과부지만 그렇게 늙은 사람과 잘 살라구 할
는지."

하셨다. 그러나 숙모님이,

"젊고 예쁜 홀아비가 어딨어요. 딸린 자식 없구 한 것만 해
두……."

하고 자신 있게 말하는 것을 듣고 나도 적이 안심이 되었다.

그날 저녁때 황 진사가 온 것을 보고, 숙부님이,

"일재, 여기 젊고 돈 있는 색시가 있는데 장가 안 들라우?"
하고 물어본즉,

"아, 들면야 좋지만 선생도 아시다시피 천량이 있어야지."
하는 그의 얼굴에는 완연히 희색이 넘쳤다.

그의 얼굴에 희색이 넘침을 보신 숙모님은, 돈이 없어도 장가를 들 수 있다는 것과 장가만 들게 되면 깨끗한 의복에 좋은 음식도 먹을 수 있으리라 하는 것을 일러 주신즉,

"아 그럼야 여북 좋갔수, 규수 나이 몇 살이구…… 집안도 이름 있구……."

그는 연방 입이 벌어져 침을 흘리며 두 눈에 난데없는 광채를 띠고 숙모님께로 대어드는 판이었다.

"과부래야 이름이 아깝지 뭐, 이제 나이 삼십도 다 못 된 걸……."

숙모님도 신명이 나는 모양으로 이렇게 자랑삼아 말한즉, 황 진사는 갑자기 낯빛이 홱 변해지며,

"아 규, 규수가, 시방 말씀한 그 규수가 과, 과, 과부란 말씀유?"
이렇게 물었다.

"왜 그류."

한순간 침묵이 흘렀다. 황 진사의 닫힌 입 가장자리에 미미한 경련이 일어나며, 힘없이 두 무르팍 위에 놓인 그의 두 손은 불불불 떨리고 있었다. 벽에 걸린 시계 소리가 '뚝딱 뚝딱' 하고 들리었다. 그는 조용히 고개질부터 좌우로 돌렸다.

"당찮은 말씀유…… 흥, 과, 과부라니 당치 않은 말씀을……."

그는 곧 호령이라도 내릴 듯이 누렇게 부은 두 볼이 꿈적꿈적하며 노기 띤 눈을 부라리곤 하더니, 엄숙한 목소리로,

"황후암(黃厚庵) 육대 종손이유."

하고, 다시,

"황후암 육대손이 그래 남의 가문에 출가했던 여자한테 장갈 들다니 당하기나 한 소리요…… 선생도 너무나 과도한 말씀이유."

그는 분함을 누르느라고 목소리에 강한 굴곡이 울렸고 낯에는 비통한 오뇌의 경련이 일어나 있었다.

"내일이래두 그럼 어린 규수 골라 혼인하시지요, 뭐……."

하고, 숙모님도 무안해서 일어났다. 숙부님도 딱했던지,

"일재, 일재 염려 말우, 농담했수, 그럼 일재 되구야 한번 타문에 출가했던 사람과 혼인을 하다니 될 말이유? 내가 어디 황후암을 몰우, 황익당을 몰우?"

한즉, 그때야 그도,

"아 아무렴 그랴, 그렇지 거 어디라구, 함부루 어림없이들……. 황후암이 누구며 황익당이 누군데 그랴?"

얼굴을 펴고 이렇게 높은 소리로 외쳤다.

5

해가 바뀌고 새해가 되었다.

숙부님은 사뭇(내내 끝까지) 금광에 계시느라고 새해맞이까지도 숙모님과 나와 단둘이서 쓸쓸히 하게 되었다. 섣달 중순 즈음에서 한 보름 동안 일절 얼굴을 뵈지 않던 황 진사가 정월 초하룻날 아침에 대문 밖에서,

"일 오너라아."

하고, 언제보다도 호기 있게 불렀다. 그 고약 때가 절은 두루마기를 빨아 입은 위에 어이한 색안경까지 시커먼 걸로 하나 쓰고는, 숙부님께 새해 인사를 드리러 왔노라고 하였다. 숙부님이 안 계신다고 하니 그러면 숙모님이나 뵙고 가겠다고 하였다.

숙모님은 마침 있는 음식에 반갑게 구시며, 떡과 술상을 차려 내주셨다. 그는 몇 번이나 완장 선생을 못 뵈어 죄송스럽다고 유

감의 뜻을 표하고는, 술을 몇 잔을 들이켜고 나더니,

"일배 일배 부일배로 우리 군자 사람끼리 설쇰을 이렇게 해야지."

흥취에 못 배기겠다는 듯이 손으로 무르팍을 치곤 하였다.

숙모님이,

"새해에는 장……."

하다가 말끝을 움츠러들여 버리자, 그는 그 말끝을 잡아서,

"금년 신운은 청룡이 농주(청룡이 여의주를 얻어 희롱하다)랬지만 아 천량이 생겨야 장갈 들지."

하였다.

이튿날도 찾아왔다. 사흘째도 왔다. 이리하여 정월 한 달 동안을 거의 매일같이 숙부님께 새해 인사를 드려야 할 것이라면서 찾아왔다. 그러나 그는 결국 숙부님께 새해 인사를 드리지 못하고 말았다.

그 뒤 한철 동안을 그는 아주 우리 집에 발길을 끊고 나타나지 않았다. 검은 둥치에 새움이 트고 버들가지에 물기가 흐르는 봄 한철을 나는 궁금한 가운데 보내었다.

봄도 지나 여름이 되었다. 새는 녹음 속에 늙고 물은 산골을 울리며 흘렀다.

그때 돌연히 숙부님이 어떤 사건으로 피검(被檢)이 되자, 나는 시골 어느 절간에 가 지내려던 피서 계획을 포기하고 괴로운 여름 한철을 서울서 나게 되었다. 물론 숙부님의 사건이란 건 당시 나도 잘 몰랐는데, 세상에서 들리는 말로는 만주에서 발단된 '대종교 사건'의 연루라는 것으로 숙부님 검거, 금광 채굴 중지, 가택 수색, 이 세 가지를 한꺼번에 당하게 되었던 것이었다.

어느 날은 서대문 밖에 숙부님을 면회하고 돌아오는 길에 광화문통을 지나오려니까,

"아, 이건 노상 해후로구랴!"

하는 소리가 났다. 고개를 들어 보니, 연녹색 인조견 조끼에 검은 유리 안경을 쓴 황 진사가 빨아 말린 두루마기를 왼쪽 팔에 걸고, 해묵은 누렁 맥고모는 뒤통수에 잦혀 쓰고, 그 벗겨진 알이마를 햇살에 번쩍거리며 총독부 쪽에서 걸어오고 있는 것이다.

"네, 일재 선생 오래간만이올시다."

하고 내가 인사를 한즉,

"댁에서들 모두 태평하시구, 완장 선생께도 소식 자주 듣고……. 아, 이건 참 노상 해후로구랴!"

또 한 번 감탄하고 나더니,

"이리 잠깐 오, 날 좀 보."

하고, 그는 나를 한쪽 구석에 불러 놓고, 지극히 중대한 사실을 발견했노라고 한다. 나는 사정이 전과 다른 형편에 있는 터이라 혹시나 이런 데서 무슨 자세한 내용이나 알게 되나 하여 두근거리는 가슴을 누르며 긴장한 낯으로 그를 쳐다보고 있는 것인데, 그는,

"아, 내 조상께서도 모르고 지낸 윗대 조상을 근일에 와서 상고(相考)했구랴."

이런 엉뚱한 소리를 하였다.

나는 너무 어이없어 어리둥절해 있노라니,

"왜 그루, 어디 편찮우."

한다. 괜찮으니 얼른 마저 이야기하라고 하니,

"아, 이럴 수가……. 온, 내 조상이 대체 신라적 화랑이구랴!"

하고 혼자 감개해서 못 견디는 모양이었다. 그건 또 어떻게 알아냈냐고 한즉, 근일에 여러 가지 서적을 상고하던 중 우연히 발견하게 된 것이라 하였다.

황 진사를 광화문통에서 만난 뒤, 두 달이 지난 어느 날 나는 숙모님을 모시고 병원에 갔다가 총독부 앞에서 전차를 내려 필운동으로 들어가노라니 '모루히네('모르핀'의 일본식 발음―여기에서는 모르핀 중독을 뜻함)' 환자 치료소 옆에서 하마터면 못 보고 지나칠 뻔하다가 그를 보게 되었다.

머리가 더부룩한 거지 아이 몇 놈과 아편 중독자 몇과 그 밖에 중풍쟁이, 앉은뱅이, 수족 병신들이 몇 둘러싼 가운데에 한 두어 뼘 길이쯤 되는 무슨 과자 상자를 거꾸로 엎어 놓고, 그 위에 삐쩍 마른 두꺼비 한 마리와, 그 옆의 똥그란 양철통에 흙빛 연고약을 넣어 두고 약 쓰는 법을 설명하는 위인이 있다.

"두꺼비 기름, 두꺼비 기름, 에헴, 두꺼비 기름이올시다. 옻 오른 데도 쓰고, 옴 오른 데도 쓰고, 등창, 둔창, 화상, 동상, 충치, 풍치, 이 앓는 데도 쓰고, 어린애 귀젓('귀젖' 의 방언. 귓속에서 고름이 나오는 귓병)앓는 데, 머리가 자꾸 헐어 들어가 하게아다마('대머리' 를 뜻하는 일본어) 되려는 데, 남녀노소, 어른 애, 계집 사내 할 것 없이, 서울내기 시굴띠기 물을 것 없이, 거저 누구든지 헌 데는 독물을 빼고, 벌레가 먹는 데는 벌레를 내고, 고름이 생기는 데는 고름 뿌리를 빼고, 살이 썩는 데는 거구생신(去舊生新)을 하고, 자, 깊이깊이 감춰두면 반드시 한 번씩은 찾게 되는 약! 첩첩이 싸서 깊이깊이 넣어 두면 언제든지 한 번은 보배가 되는 약! 자아, 두꺼비 기름이올시다. 두꺼비 코에서 짠 두꺼비 기름, 자, 그러면 이 두꺼비가 얼마나 무서운 신효가 있는가를 여러분의 두 눈 앞에 보여 드릴 터이니까 단단히 보시오."

그는 약물에다 흙빛 고약을 찍어 넣어서 저으며,

"자아, 단단히 보시오, 우리 몸에 있는 썩은 피가 두꺼비 코끝만 들어가면 그만 이렇게 홍로일점설, 봄철의 눈과 같이 흔적도 없이 사라져 버립니다!"

하고, 약물 접시를 들어 여러 사람 앞에서 한 번 내두르고 나서 기침을 한 번 새로 하더니,

"여러분, 여기 계시는 이분은 우리 조선에서 유명한 선생이올시다. 그런데 선생께서는 두 달 전부터 충치를 앓으셔서 병석에 누워 계시다가 이 약으로 말미암아 어저께 벌레를 내고 오늘부터 이렇게 이곳까지 나와 주시게 되었습니다."

하고, 궐자(厥者: '그'를 낮잡아 이르는 말)가 손으로 가리키는 바로 그 곁에는, 전날에 보던 그 검정색 안경을 쓴 우리 황 진사가 점잖게 먼 산을 바라보고 앉아 있었다.

궐자는 다시 말을 이어,

"선생께서는 또 이 방면에 연구가 대단히 깊으실 뿐 아니라, 곰의 쓸개, 오리의 혀, 지렁이 오줌, 쥐의 똥, 고양이 간 같은 걸로 훌륭한 약을 지어서 일만 가지 병마를 퇴치시킬 수도 있는, 말하자면 이인(異人)과 같은 능력을 가지신 어른이올시다."

할 즈음에 순사가 왔다. 에워싸고 있던 거지, 아편쟁이, 수족 병신들은 각기 제 구석을 찾아 헤어졌다.

이 꼴을 보신 숙모님은 나에게 눈짓을 하시며 앞서 가셨다. 나도 숙모님 뒤를 쫓아 한참 오다 돌아본즉, 아까 연설을 하던 작자는 빈 과자 상자에 마른 두꺼비와 고약통을 담아 가슴에 안고, 황진사는 점잖게 두 손을 두루마기 옆구리에 찌른 채 순사를 따라 건너편 파출소를 향해 걸어가고 있었다.

바위

북쪽 하늘에서 기러기가 울고 온다. 가을이 온다. 밤이 되어도 반딧불이 날지 않고 은하수가 점점 하늘 한복판으로 흘러내린다. 아무 데서나 쓰러지는 대로 하룻밤을 새울 수 있던 집 없는 사람들에게는 기러기 소리가 반갑지 않다.

읍내에서 가까운 기차 다리 밑에는 한 떼의 병신과 거지와 문둥이들이 모여 있다. 거적으로 발을 싸고 누운 자, 몸을 모래에 묻고 누운 자, 혹은 포대로 어깨를 두르고 앉은 자, 그들은 모두 가을 오는 것이 근심스럽다.

"아, 인제 밤으론 꽤 싸늘해."

늙은 다리병신 하나가 이렇게 말하자,

"싸늘이라니, 사지가 마구 옹굴러 드는구만."

곁에 있던 곰배팔이(팔뚝이 꼬부라져 붙었거나 팔뚝이 없는 사람을 낮잡아 이르는 말)가 이렇게 받았다.

한쪽에서는 장타령을 가르치느라고 법석이다.

"요놈의 각설이 요래도 정승 판사 자제로 팔도 감사 마다고 동전 한 푼에 팔려서……."

이까지 할 즈음에 '선생'은 또 손을 들어 그것을 중지시키고 나서 훈시를 주었다.

"몸짓이 젤이야, 엉덩이 뽑는 거며 고개질 허는 거며, 빼딱허게 서서 침을 뿜는 거며 모두 장단이 맞아야 돼."

훈시가 끝나자 두 거지 아이는 이내 소리를 지른다.

"네 선생이 누구냐 나보다도 잘헌다. 시전 서전을 읽었나 유식허게도 잘 헌다. 논어 맹자를 읽었나 대문대문 잘 헌다."

이번에는 고개질이며 손짓이며 엉덩이 놀림새며, 모두가 잘 되었다. 일동은 만족한 듯이 '아아' 하고 웃었다.

문둥이 떼가 모인 아랫머리에서는 기차가 지나가자 곧 새로운 화제가 생긴다.

"아주머이 아들 소문 자주 듣는교?"

"……."

'아주머이'는 고개만 두른다. 그녀는 같은 무리 중에서도 제일 신참자이다.

한참 동안 침묵, 검은 우울만이 그들을 싸고 있다.

"참 인제 왜놈들이 풍병 든 사람들을 다 죽일 게라더군."

"설마 죄 없는 사람들을 죽일라구."

마을에서 온 '아주머이'가 대꾸하였다.

"아아, 인제 날씨가 차워서."

곁에 있는 젊은 자가 또 이렇게 중얼거리자 '아주머이'는 불현 듯 아들 생각이 난다. 작년까지는 그에게도 아들과 영감이 있었던 것이다.

아들은 술이(述伊)란 이름이었다. 그는 나이 삼십이 가깝도록 그때까지 아직 장가를 들지는 못했으나 그에게는 일백 몇십 원이란 돈이 저축되어 있어서 같은 동무들 중에서는 그를 부러워들 했다 한다. 그는 항상 이백 원이 귀가 차면 장가를 들고 살림을 차리리라 했다고 한다. 하여, 먹고 싶은 술도 늘 참고, 겨울에 버선도 대개 벗고 지냈으니, 그 흉악한 병마의 손이 어미에게 뻗치지 않았던들 그래도 처자나 거느리고 얌전한 사람의 일생은 보냈을 것이라 한다.

술이는 그의 저축에서 어미의 약값으로 쓰다 남은 이십여 원을 하룻밤에 술과 도박으로 없애 버리고, 그날부터 곧 환장한 사람이 되어 버렸다. 두 눈에 핏대를 세워 거리를 돌아다니며 마을 사람들을 공연히 욕하고, 싸우고, 그의 어미의 토막에다 곧잘 불을 놓으려 들고 하다가, 금년 이른 봄, 나뭇가지에 움이 틀 무렵, 표연히 어디로 떠나 버린 것이라 한다.

아들을 잃은 영감은 날로 더 거칠어져 갔다. 밤마다 술이 취해 와서는 아내를 때렸다. 때로는 여러 날씩 아내의 밥을 얻어다 줄 것도 잊어버리고, 노상 죽어 버리라고만 졸랐다.

"그만 자빠지라문."

"……."

"나도 근력이 이만할 때라사 꽝꽝 묻어나 주지."

아내는 이 말을 들을 때마다 몹시 울었다. 몇 달 전까지만 해도 그는 아내와 함께 남의 집 행랑살이에서 쫓겨나와 마을 뒤의 조그만 토막을 지어 아내를 있게 하고, 자기는 집집마다 돌아다니며 날품도 들고 술집 심부름도 하여, 얻어온 밥과 술과 고기 부스러기 같은 것을 그녀에게 권하며,

"먹기나 낫게 먹어라."

측은한 듯이 혀를 차곤 하던 그가 아니던가.

금년 이른 여름 보리가 무룩이(수두룩이) 필 때다. 먼 마을에서는 늑대가 아이를 업어 갔다는 둥, 어느 보리밭에는 문둥이가 있다는

둥 흉흉한 소문이 마을에 퍼질 무렵이었다. 영감은 술에 취해서 아내의 토막을 찾아왔다. 그의 품속에는 비상 섞인 찰떡 한 뭉치가 신문지에 싸여 들어 있었다. 그것은 저녁때였다. 아내는 거적문을 열어놓고, 모지라진 숟가락으로 사발에 말라붙은 된장찌개를 긁고 있었다. 영감을 보자, 손을 들어 낮에 엉기는 파리 떼를 날리며 우는 상으로 비죽이 웃어 보였다.

"허엄."

영감은 당황히 품속에 든 떡 뭉치를 만졌다. 토막 안에 들어가서도 영감은 술기운에 알쑥해진 눈으로 한참 동안 덤덤히 그의 아내를 바라보고 있다가 문득 또 한 번 품속을 더듬었다.

처음, 떡을 받아든 아내는 고맙다는 듯이 영감을 쳐다보며 또 한 번 비죽이 웃어 보였다. 그러나, 비상 빛깔을 짐작할 줄 아는 그녀는 떡 속에 섞인 그 거무푸레하고 불그스레한 것을 발견한 다음 순간, 무서운 얼굴로 한참 동안 영감의 낯을 노려보고 있었다.

먼 영에서 뻐꾸기 우는 소리가 들려왔다.

이윽고 여인은 모든 것을 이해하고 얼굴을 수그렸다. 송장처럼 검고 불긋불긋한 얼굴에 눈물이 흘러내렸다.

영감은 난처한 듯이 외면을 하였다. 그는 침을 뱉으며 자리에서 일어났다.

"이 원수야, 그만 자빠지라문."

그는 무안스러운 듯이 또 한 번 침을 뱉았다.

이튿날 마을 사람들은 다음과 같은 이야기들을 수군거렸다. 아내는 남편이 나와 버린 뒤에도 혼자서 얼마나 더 울고 나서 마침내 그 떡을 먹기는 먹었으되 쉽사리 죽지도 못하고, 할 수 없이 어디로 떠나 버렸다는 것이었다. 그리고 토막 속에는 벌건 떡을 수두룩이 토해 내놓았더라는 것이었다.

여인은 그의 힘으로 갈 수 있는 여러 마을을 헤매었다. 그것은 저잣거리보다 구걸이 쉬움이 아니라, 행여 그리운 아들을 볼까 함이라 하였다. 노숙과 구걸로 여름 한철이 헛되이 갔다. 설마 가을 안에야 아들을 만나겠지 한 것이 사뭇 헛턱이었다. 이즈음엔 영감도 그립다.

"나도 이만할 때라사 꽝꽝 묻어나 주지."
하고 못 견디게 죽음을 권하던 영감이 본다면 그래도 겨우살이 토막 하나는 곧잘 지어줄 것 같았다.

어느 날 그녀는 하다못해 자기 손으로, 기차 다리 가까이 있는 밭 언덕 안에 조그만 토막 하나를 지었다. 토막이라야 모래흙에다 나무 막대 서너 개 치고, 게다가 거적을 두른 것쯤이니 고작 서리나 피할 정도였다. 하나, 이것만으로도 그녀에게는 여러 날 씨름이었다. 입으로 코로 눈으로 구멍마다 모래가 막혔다. 살은 터질 대로 터지고 뼛속은 저리고 쑤시었다.

이틀을 정신없이 누워 앓았다.

사흘째는 밭 임자가 왔다. 그는 무어라고 한참 동안 욕질을 하고 나더니,

"오늘이라도 곧 뜯어내지 않으면 불을 놔버릴 게다."

큰소리로 이렇게 외치고는 돌아갔다. 그러나 또다시 지을 힘도 없을 뿐더러, 그 근처에는 달리 적당한 자리도 없었으므로 그녀는 비록 불에 살라지는 한이 있더라도, 그것을 뜯어 낼 수는 없었다. 기어이 이 기차 다리 부근에서 떠나가기가 싫었던 것이다. 그것은 기차 다리에서 장터로 들어가는 마을 어귀에 커다란 바위 하나가 있었기 때문이었다. 복을 주는 바위라 하여 '복바위' 라고도 하고, 소원 성취를 시켜 준다고 하여 '원바위' 라고도 하고, 범이 누운 것 같다고 하여 '범바위' 라고도 부르며 이 바위의 이름은 이 밖에도 여럿이 있었다. 복을 빌러 오는 여인네는 사철 끊이지 않았다. 주먹만 한 돌멩이를 쥐고 온종일 바위 위에 올라앉아 바위 등을 갈다가는 손의 돌이 바위 등에 붙으면 소원이 성취되는 것이라 하였다. 어떤 여자들은 연 사흘씩 밥을 싸갖고 와서 '복바위' 를 갈

기도 하였다.

이 바위를 아끼고 중히 여기는 것은 복을 빌러 오는 여자들만이 아니었다. 동네 아이들은 와서 말놀이를 하고, 노인들은 와서 여기서 허리를 기대어들 구경을 하고, 마을 사람들은 누구나 다 이 바위를 대단하게 여기는 것이었다.

술이 어머니도 어쩐지 이 바위가 좋았다. 자기도 저 바위를 갈기만 하면 그리운 아들의 얼굴을 만나 볼 수 있으리라 하였다. 그녀는 몇 번인가 마을 사람들의 눈을 피해 가며 술이의 이름을 부르며 복바위를 갈았던 것이다.

그녀가 '복바위'를 갈기 시작한 지 한 보름이 지난 뒤, 우연인지 혹은 '복바위'의 영검이었는지, 그녀가 주야로 그렇게 그리워하던 아들을 만나 보게 되었던 것이다. 사방에서 장꾼이 모여드는 아침 장터에서 그녀가 바가지를 들고 음식전으로 들어가려 할 때 문득 소매를 잡는 사람이 있었다. 순간 그녀는 직감적으로 그가 술이인 것을 깨달았다. 고개를 들었다. 그리하여 아들의 낯을 보았다. 순간 어미의 희고 긴 덧니가 잠깐 보이었다.

아들은 어미의 손을 잡고 걸음을 옮기었다. 장터에서 조금 나가면 무너진 옛 성터가 있고 그 옆으로 오래된 지름길이 있었다. 길은 가을 풀로 덮이고 지나다니는 사람의 그림자도 보이지 않았다.

두 사람은 풀로 덮인 길바닥 위에 앉은 채 서로 잡고 불렀다.

"엄마."

"술아."

그들의 눈에서는 쉴 새 없이 눈물이 흘러내렸다.

"엄마, 어디서 어째 지냈노, 어째 살았노…… 엉엉엉…… 엄마……."

"……."

어미는 긴 덧니를 젖히며 자꾸 울기만 하였다. 피와 살은 썩어 가도 눈물은 역시 옛날과 변함없이 많았다.

"엄마, 날 얼마나 찾았등교, 얼마나……."

술이는 어머니의 무릎에 얼굴을 묻으며 목을 놓고 울었다.

길바닥 잡풀 속에 섞여 핀 돌메밀꽃 위에 빨간 고초쨍이 한 마리가 날아와 앉았다. 길 건너 언덕에서는 알록달록한 뱀 한 마리가 돌 틈으로 들어가고 있었다.

"내 얼른 돈 벌어올게, 엄마 나하고 살자…… 내 돈 벌어 올 때까지 부디부디 죽지 마라."

아들은 어미의 어깨와 팔을 만져 주며 이렇게 당부했다. 그의 붉은 두 눈에서는 하염없는 눈물이 자꾸 솟아나왔다.

그들은 다시 장터로 들어갔다.

술이는 주머니에서 돈 '석 냥 반'을 털어 어미의 손에 쥐여 주며, '한 사날' 뒤에 다시 찾아오기를 약속하고 떡전에서 헤어졌다. 해는 벌써 설핏하였다. 사람들은 바쁜 듯이 소리를 지르며 오고가고 하였다. 소를 몰고 오는 사람, 나무를 지고 가는 사람, 아이를 등에 업은 채 함지에 무엇인지 담아 이고 섰는 여자, 자전거를 타고 달리는 소년, 인력거 위에 앉아 흔들거리며 가는 '하까마(가랑이가 넓어 치마처럼 보이는 주름잡힌 하의)'짜리, 그들은 혹은 지껄이고, 웃고, 혹은 멱살을 잡고 싸우고, 혹은 무엇을 먹으며 울고…… 벌떼처럼 쑤알거리고 들끓는 속에, 그는 고개를 수그린 채 어정거렸다.

'복바위 지나 기차 다리.'

그는 혼자서 몇 번이나 입속으로 이렇게 중얼거리며, 빈 지게를 등에 걸친 채 장터를 서성거렸다. 그는 오래간만에 읍내 장에 들어와서 아주 그의 아버지의 소식도 알고 나갔으면 하는 것이었다. 그러나 아무도 그에게 똑똑한 소식을 전해 주는 사람은 없었다. 중풍으로 반신불수가 되어 거리에 돌아다닌다고도 하고, 천만에 걸려 헐떡이며 읍내 어느 주막에서 심부름을 해주고 있다고도 하고, 하나도 들어 시원한 소식은 없었다.

숙이 어머니는 아들을 한 번 만나보고 난 뒤부터는 아들 생각이 더 간절해졌다. 그녀는 날마다 장터에 기웃거리며 돌아다니고 있었다. 그러나 아들은 제가 약속한 사날이 지나고 보름이 지나고 한 달이 지나도 나타나지 않았다. 그럴수록 다만 한 가지 믿고 의지할 곳은 저 바위뿐이었다. 저 '복바위' 가 저대로 땅위에 있는 날까지는 언제든 그의 아들을 만날 수 있을 것이며 그리고 자기의 병도 어쩌면 아주 고칠 수 있을는지도 모른다고 생각하였다.

'그저 비가 오나 눈이 오나 '복바위' 만 갈아라.'

그녀는 사람들이 다 잠이 든 밤이면 그 아프고 무거운 몸을 끌고 언제나 남몰래 바위를 찾아와 어루만지는 것이었다.

그러나 이번에는 '복바위' 의 영검이 먼저와 같이 그렇게 쉽사리 나타나지 않았다. 이것은 아마 그녀가 언제나 캄캄한 어둠 속에서만 갈아서 이 '복바위' 가 잘 응해 주지 않는 것이라고 생각하였다. 그래 그 이튿날부터는 사람들이 보지 않는 틈을 타서 될 수 있는 대로 낮에 갈기로 하였다.

그러나 이와 같이 낮에 사람의 눈을 피하기란 지극히 어려웠다. 그날도 그녀는 역시 자기의 아들을 만나게 해 달라고 바위를 갈고 있다가 마을 사람의 눈에 띄게 되었다. 어느덧 새끼줄이 몸에 걸리는가 하더니 그녀의 몸은 곧 바위 위에서 떨어졌다. 그리하여 다리

밑까지 새끼줄에 걸린 채 개같이 끌려갔을 때는 온몸이 터져 피투성이가 되고 의식조차 잃고 있었던 것이다. 나중 간신히 정신을 차려 눈을 떠보았을 때, 동 소임은 물을 길어다 바위를 씻고 있었다.

그 뒤부터 여인은 언제나 이 바위 곁을 지나칠 적마다 발을 멈추고 한참 동안 그것을 물끄러미 바라보는 것이었다. 곁에 오면 절로 발이 붙는 것도 같았다. 그녀에게 있어서는 바위가 한없이 그립고, 아쉽고, 그리고 원망스럽고, 밉살머리스럽기도 하였다. 자기의 모든 행복과 불행이 전부 다 저 바위에 매인 것만 같이 생각되었다. 이날도 진종일 장터에서 헤매다 돌아오는 길이었다. 저녁때였다. 산과 내와 마을이 모두 놀에 싸여 있었다. 그녀는 여느 때와 같이 바가지를 안고 마을 앞을 지나가고 있었다. 바가지에는 밥, 떡, 엿, 홍시, 묵, 대추, 두부, 국수, 콩나물, 조기 대가리, 북어 꼬랭이 이런 것들이 한데 섞여 범벅이 되어 있었다. 머리는 깊이 떨어뜨려졌고 다리는 무겁게 끌리었다. 그녀는 가끔 머리를 돌리고 한참씩 섰다가는 바가지를 한 번씩 들여다보고 나서 다시 걸음을 옮기곤 하는 것이었다.

"내가 아까 왜 좀 다지고 묻지 못했던고?"

그녀는 몇 번이나 이렇게 중얼거렸다. '아까' 라고 하는 것은 묵전에서 묵을 얻고 있을 때 그 곁에서 감을 팔고 있는 늙은이가 어

떤 사람과 더불어,

"술이가 아주 나올라 몰았나?"

"여섯 달 받았다는데 하마 나와?"

이런 이야기를 주고받고 하던 것을 귓전으로 얼핏 들은 것 같았기 때문이었다. 그때 자기는 묵을 얻느라고 곁의 사람의 이야기에 귀를 기울이지 않았고 또 거기서 자기 아들의 이야기를 하고 있으리라고는 꿈에도 생각하지 못했던 것이라 아주 무심히만 흘려듣고 말았던 것인데, 이제, 동네 앞길을 지나 저만큼 '복바위'를 바라보고 내려오노라니까 문득 장에서 들은 그 말이 머리에 떠오르는 것이었다. 분명히 그때 그 늙은이들이 '술이'라고 하던 것같이 지금은 생각되는 것이다.

'아차, 분명히 술이라고 하던거로.'

생각할수록 확실히 술이라고 한 것이었다. '술이'라고 하던 것이 지금도 곧 귀에 들리는 것 같았다. 그녀는 발을 멈추고 서서 도로 장으로 나갈까 하고 망설이다가 또 한 번 바가지를 들여다보고는 그대로 바위를 향해 걸어 내려가고 있었다. 온몸은 욱신거리고 아팠다. 두 다리는 그 자리에 그냥 거꾸러질 것같이 무겁고 머릿속은 열병을 앓듯 어찔어찔하였다.

그녀가 바위 앞까지 왔을 때 해는 이미 떨어진 뒤였다. 먼 들 끝

에서 어둠이 날개를 펴기 시작하는 어슬녘이었다. 그녀는 언제나와 마찬가지로 바위 앞까지 와서는 걸음을 멈추고 고개를 들어 그것을 물끄러미 바라보았다. 그리고는 다시 고개를 돌려 토막 있는 곳을 바라보았다. 바로 그때였다. 그녀의 눈에 비친 것은 언제나 그 자리에서 바라보던 그 조그만 토막이 아니라 훨훨 타오르는 불길이었다. 한순간 그녀는 자기의 눈을 의심하고 나서 다시 보아도 역시 불길이었다. 순간 그녀는 화석이 되는 듯했다. 감은 눈에도 불길은 역시 훨훨 타오르고 있었다. 감아도 불, 떠도 불, 불, 불, 불…… 그녀는 나무토막처럼 바위에 쓰러졌다.

　이미 감각도 없는 두 손으로 바위를 더듬었다. 그리하여 바위를 안은 그녀는 만족한 듯이 자기의 송장같이 검은 얼굴을 비비었다.

　바위 위로는 싸늘한 눈물 한 줄기가 흘러내렸다.

　이튿날 마을 사람들이 이 바위 곁에 모이었다. 그들은 모두 침을 뱉으며 말했다.

　"더러운 게 하필 예서 죽었노."

　"문둥이가 복바위를 안고 죽었네."

　"아까운 바위를……."

　바위 위의 여인의 얼굴엔 눈물이 번질번질 말라 있었다.

황토기(黃土記)

솔개재[鳶介嶺]에서 금오산(金午山) 쪽으로 뻗쳐 내리는 두 산맥이다.

등성이를 벌거벗은 채 십 리, 시오 리씩을 하나는 서북, 또 하나는 동북으로 뛰어 내려와서는, 거기 황토골이라는 조그만 골짝 하나를 낳은 것뿐으로, 그 앞을 흘러가는 냇물을 바라보며, 동네 늙은이들의 입으로 전하는 상룡(傷龍), 또는 쌍룡(雙龍)의 전설을 이룬 그 지리적 결구(結構)는 여기서 끝을 맺는 것이다.

상룡설. 옛날 등천(騰天)하려던 황룡 한 쌍이 때마침 금오산에서 굴러 떨어지는 바위에 맞아 허리가 상하니라. 그 상한 용의 허리에서 한없이 피가 흘러내려 부근 일대를 붉게 물들이니 이에서 황토골이 생기니라.

쌍룡설. 역시 등천하려던 황룡 한 쌍이 바로 그 전야(前夜)에 있어 잠자리를 삼가지 않은지라, 상제(上帝)께서 노하시고 벌을 내리사 그들의 여의주(如意珠)를 하늘에 묻으시매 여의주를 잃은 한 쌍의 용이 슬픔에 못 이겨 서로 저희들의 머리를 물어뜯어 피를 흘리니, 이 피에서 황토골이 생기니라.

이상의 상룡설 또는 쌍룡설 밖에 또 절맥설(節脈說)도 있으니 그것은 다음과 같다.

절맥설. 옛날 당(唐)나라에서 나온 어느 장수가 여기 이르러 가로되, 앞으로 이 산에서 동국의 장사가 난다면 감히 중원을 범할 것이라, 이에 혈을 지르니, 이 산골에 석 달 열흘 동안 붉은 피가 흘러내리고 이로 말미암아 이 일대가 황토 지대로 변하니라.

1

용내(龍川)를 건너 황토골 앞들에는 두레논을 매는 한 이십여 명 되는 사람이 한일자(一字)로 하얗게 구부려 있고, 논둑에는 동기(洞旗)를 든 사람과 풍물 치는 사람들이 네댓 나서 있다.

해는 바야흐로 하늘 한가운데서 이글거리고, 온 들과 산은 눈 가는 끝까지 푸르기만 하다.

께갱 께갱 떵땅 떵땅 꽤애—.

풍물이래야 꽹과리 하나, 장구 하나, 그리고 징 한 채다. 그런대로 그들은 논매는 일꾼들과 더불어 끈기 있게 논둑에서 논둑으로 타고 다니며 들판의 정적을 깨뜨려가고 있다.

그런데 그들 두레꾼들과는 동떨어져 이쪽 산기슭 쪽에 혼자 논을 매느라고 논 가운데 허리를 구부리고 있는 사람이 하나 있다. 곁에서 이를 본다면, 그의 팔다리나 허리가 보통 사람보다 훨씬 크고 길 뿐 아니라 어깨나 몸집이 다 그렇게 두드러지게 장대하게 생겼고, 또한 머리털이 이미 희끗희끗 세어 있음을 알리라. 그의 이름은 억쇠다.

그는 몸이 그렇게 보통 사람보다 두드러지게 큰 것처럼 일도 동떨어진 곳에서 혼자 하고 있는 것이다.

억쇠는 논매던 손을 쉬고 논둑으로 나온다. 그는 두어 번이나 고개를 돌려 산밑 쪽을 바라본다. 아직도 분이(粉伊)는 보이지 않는다. 그는 담배를 한 대 피워 문다.

논둑에 서 있는 소동나무에서는 매미 소리가 시끄럽게 들려온다.

억쇠가 담배를 두 대나 태우고 나서, 화가 치밀어 숫제 주막으로나 찾아갈 양으로 막 허리를 일으키려는데, 그제야 저쪽 소나무 사이로 조그만 술동이를 머리에 이고 오는 분이가 보이었다.

"멀 하고 인제사 와."

가까이 온 분이를 보자 억쇠는 약간 노기 띤 목소리로 물었다.

"멀 하긴, 멀 해."

분이는 머리에서 술동이를 내리며 마주 배앝는다. 입에서는 술 냄새가 확 끼치고, 양쪽 눈언저리와 귓바퀴가 물을 들인 듯이 발긋발긋하다.

'또 술을 처먹은 게로군.'

억쇠는 혼자 속으로 중얼거리는 것이다.

"자아, 옛수."

억쇠에게 술 사발을 건네는 분이의 입가에는 어느덧 그 야릇한 웃음이 떠돌기 시작한다. 억쇠는 분이 손에서 사발과 술동이를 나꾸듯이 뺏어 든다. 동이 속에서 술이 출렁하며 밖으로 튀어나온다.

사발과 동이를 빼앗기듯이 된 분이는 화통이 치미는지,

"흥, 이년을 어디 두고 보자."

하며 이를 오도독 갈아붙인다. 설희(薛姬)를 두고 하는 욕질이지만 당치 않은 수작이다.

억쇠는 아랑곳없다는 듯이 술을 따라 마시고 있다. 그동안 잔뜩

독이 오른 눈으로 억쇠를 노려보고 있던 분이는,

　"연놈을 한 칼에 푸욱……."

하고는 또 한 번 이를 오도독 간다.

　"이년아, 말버릇이 그게 뭐여."

　억쇠가 꾸짖자, 분이는,

　"어디 임자 보고 말했나, 득보 말이지."

한다.

　더욱 모를 소리다.

　"득보면 너의 아저씬가 무엇이 된대면서 그건 또 무슨 소리여."

　이에 대하여 분이는,

　"흥, 아저씨? 아저씬 어쨌단 말요?"

하고 콧방귀를 뀌더니 풀 위에 발랑 드러누워 버린다. 걷어 올려진 베 치맛자락 밑으로 새하얀 다리를 드러내 보이며 그녀는 어느덧 코를 골기 시작하였다.

　소동나무에서는 또 한바탕 매미가 운다.

　억쇠는 세 번째 술을 따라 든 채, 멍하게 소동나무를 바라보고 있다. 아까 분이가 '연놈을 한 칼에 푸욱…….' 하던 것이 아무래도 머릿속에서 사라지지 않는다. 누구를 두고 하는 강짜란 말이냐, 억쇠는 어이가 없었다.

억쇠가 술동이를 밀쳐놓고 담배에 불을 붙여 물었을 때다. 득보가 나타났다. 한쪽 손에 멧돼지 한 마리를 거꾸로 대룽거리며 그쪽 산비탈에서 내려오고 있었던 것이다.

"그새 산에 갔던 갑네."

억쇠가 인사 삼아 묻는 말에 득보는,

"빈손으로 갔더니……."

하며, 멧돼지를 억쇠 곁에다 던지고, 누워 자고 있는 분이 앞에 와서 털썩 앉아 버린다.

그도 보통 사람과는 딴판으로 몸집이 크게 생긴 사나이다. 키는 억쇠보다 좀 낮은 편이나 어깨는 더 넓게 쩍 벌어졌다. 게다가 얼굴은 구릿빛같이 검푸르다. 그 검푸른 구릿빛이 어딘지 그대로 무서운 비력(臂力:팔힘)을 말하고 있는 것 같다. 그리고 머리털도 칠흑같이 새까맣다. 나이도 억쇠보다는 예닐곱 살 젊어 보인다.

"한 사발 하겠나?"

억쇠가 턱으로 술동이를 가리키며 묻는다.

득보는 잠자코 술동이를 잡아당긴다. 그리하여 손수 한 사발 따라 마시고 나더니,

"좋구나."

한다.

그는 연거푸 또 한 사발을 따라 마시고 나더니,

"얼마나 있누?"

하고 억쇠를 노려본다.

"아직 많이 있다."

"그럼 낼 모두 걸러라."

득보는 이렇게 말하며 의미 있는 듯한 눈으로 억쇠를 노려본다. 순간 두 사나이의 눈에서는 다같이 불길이 번쩍한다. 그것은 땅속의 유황이라도 녹일 듯한 무서운 불길이었다.

2

이튿날은 여름하고도 유달리 더운 날씨였다.

하늘에는 가지각색 붉은 구름들이 연기를 머금은 불꽃으로 피어나고 있었다.

안냇벌은 황토골에서 잔등 하나 넘어 있는 아늑한 산골짜기요, 또 개울가이었으므로 거기엔 흰 모래밭과 푸른 잔디와 게다가 그늘진 노송(老松)까지 늘어서 있어 억쇠와 득보들같이 온종일 먹고 놀고 싸우고 할 자리로서는 더할 나위 없이 알맞은 곳이었다.

두 사람은 짤막한 잠방이 하나씩만 걸치고는 몸을 벌거벗은 채 소나무 그늘 밑에서 술을 마시고 있다. 처음엔 돼지 족(足)도 한 가리씩 의논성스럽게 째어 들었고 술잔도 서로 권해 가며 주거니 받거니 의좋게 건너 다녔다.

한 철에 한두 번씩 이 안냇벌에서 대개 이렇게 술을 마시게 되었지만, 이 두 사람에게 있어서는 이때같이 가슴이 환히 트이도록 즐겁고 만족할 때가 없다. 그것은 아무것과도 바꿀 수 없는 기쁨이요, 보람이요, 그리고 거룩한 향연(饗宴)이기도 하였다. 이에 견준다면 분이나 설희의 자색도 한갓 이 놀이를 돋우고 마련키 위한 덤에 지나지 않을 듯했다.

두 사람은 술이 얼근해짐에 따라 말씨도 점점 거칠어져 갔다.

"얼른 들어 마셔라, 이 백정놈아."

"도둑놈같이, 어느새 고기만 다 처먹누."

이렇게 그들은 서로 욕질을 시작하였다. 그러면서도 연방 술잔은 서로 따라 주고 고기 뭉치도 던져 주곤 하였다.

"옛다, 이거 마저 뜯고 제발 인제 뒈지거라. 늙은 놈이 계집을 둘씩이나 끼고 거드렁거리는 꼴 정 못 보겠다."

하며 득보가 족발 하나를 억쇠에게 던져 준다.

"네 이놈, 말버르장머리 그러다간 목숨 못 붙어 있을 게다."

억쇠는 득보 잔에 술을 따라 주며 이렇게 으르댄다.

싸움은 대개 득보가 먼저 돋우는 편이었다. 그것도 으레 분이나 설희를 걸어서 들었다. (득보는 그것이 가장 효과적이라고 믿었던 것이다.)

"계집 핥듯이 어지간히 칙칙하게도 핥고 있다. 더럽게, 늙은 놈이."

하고 득보가 먼저 술자리를 걷어차고 일어나자, 억쇠는 뜯고 있던 족발을 득보의 얼굴에다 내던지며,

"옜다, 그럼 이놈아, 네 마저 뜯어라."

하고 자리에서 일어난다.

이때부터 싸움은 시작되는 것이다. 그와 동시에 두 사람의 얼굴에는 무어라고 형언할 수 없는 어떤 긴장이 서린다.

득보는 주먹을 꺼떡 들어 억쇠의 얼굴을 겨누며,

"얼씨구 절씨구 가엾어라, 이 늙은 놈아. 내 한 주먹 번쩍하면……."

아주 노래 조(調)로 목청을 뽑으며, 껑충껑충 억쇠에게로 뛰어들어왔다 물러갔다 하는 것이다.

"네 이놈, 새뼈 같은 주먹으로 멋대로 한번 때려 봐라."

억쇠는 그를 아주 멸시하듯이 태연자약하게 버티고 서 있다.

"내 한 주먹 번득하면…… 네놈 대가리가 박살이라……."

순간, 득보는 주먹으로 억쇠의 왼쪽 눈과 콧잔등을 훌쳤다. 그것을 억쇠는 대강밖에 막지 않았으므로 금세 퍼렁덩이가 들며 눈알에는 핏물이 돌기 시작하였다.

"네 이놈, 새뼈 같은 주먹으로 많이 쳐라…… 실컨…… 자아."
할 때 득보의 두 번째 주먹이 또 억쇠의 오른쪽 광대뼈를 쥐어질렀다.

세 번째 주먹이 또 먼저 때린 눈을 훌쳤다.

억쇠는 저만치 물러가 있는 득보를 바라보고 갑자기 미친 사람처럼 허연 이를 드러내며 큰 소리로 껄껄껄 웃어 대었다.

득보는 저만큼 물러선 채 아까와 마찬가지 노래 조로 목청을 뽑으며 덩실덩실 춤을 추고 있다. 네 번째 주먹이 오른쪽 눈 위를, 그리고 다섯 번째 주먹이 또다시 콧잔등을 때렸을 때, 그러나 억쇠는 역시 먼저와 같이 큰 소리로 껄껄껄 웃어만 주었다.

"너 이놈, 그 새뼈 같은 주먹으로 저 산을 한번 물려 세워 봐라."

여섯 번, 일곱 번, 득보는 몇 번이든지 늘 마찬가지, 내 한 주먹 번득하면을 되풀이하며 뛰어들어서 억쇠의 면상과 목과 가슴과 허구리(허리 좌우의 갈비뼈 아래 잘쏙한 부분)를 힘껏 지르는 것이었으나, 그때마다 억쇠는 간단한 몸짓으로 그것을 받아 내었을 뿐, 적극적으로 득보에게 주먹질을 시작하지는 않았다. 그는 이렇게 득보에게 같이 주먹질을 하지 않고 그냥 얻어맞기만 하는 것이 그지 없이 즐겁고 만족한 모양으로 상반신이 거진 피투성이가 되도록 종시 큰 소리로 껄껄껄 홍소(哄笑:입을 크게 벌리고 웃거나 떠들썩하게 웃는 웃음)만을 터뜨리고 서 있는 것이었다.

득보는 더욱 힘이 솟아오르는 듯 주먹질과 함께 곁들이는 발길이 번번이 억쇠의 아랫배와 넓적다리 즈음에 와 닿는 것으로 보아 그 겨냥이 무엇이라는 것은 억쇠도 곧 짐작하였다. 그래서 그의 발길만은 그대로 조심하지 않을 수 없었다.

"옛날도 그 옛날에 붕새란 새가 있었나니,

수격 삼 천 리 니일 니일 얼씨구야 지화자자 저절씨구."

득보는 입에 하나 가득 찬 피거품을 문 채 이렇게 목청을 뽑으며 덩실거리고 춤을 추는 것이었다.

억쇠는 피로 물든 장승처럼 뻣뻣이 서서, 뛰어 들어오는 득보의 주먹질과 발길질을 받아 낼 뿐이었다.

득보의 네 번째 발길이 억쇠의 국부를 건드렸을 때, 그는 한순간 그 자리에 퍽 꿇어질 뻔하다가 겨우 한쪽 팔로 득보의 목을 후려 안으며 어깨를 솟굴 수 있었다.

"이놈아!"

산골이 쩌르렁 울리는 억쇠의 목소리였다.

이리하여 한 덩어리로 어우러진 그들의 입에서는 어느덧 노래 소리도 웃음소리도 동시에 뚝 끊어지고, 다만 씨근거리는 숨소리와 뿌득뿌득 밀려 나갔다 들어왔다 하며 근육과 근육 부딪는 소리만이 났다. 두 사람의 코에서는 거의 동시에 피가 주르르 쏟아져 내렸다. 눈에도 핏물이 돌고 목으로도 피가 터져 나왔다. 그 차에 땀으로 번질번질하던 두 사람의 낯과 어깨와 가슴은 어느덧 아주 피투성이로 변해 버렸다. 득보가 억쇠의 아래턱을 치지르며 막 몸을 옆으로 빼내려는 순간이었다. 억쇠의 힘을 다한 바른편 주먹이 득보의 왼쪽 갈비뼈 밑에 벼락을 쳤다. 갈비뼈 밑에 억쇠의 모진 주먹을 맞은 득보는 갑자기 얼굴이 아주 잿빛이 되어 뒤로 비실비실 몇 걸음 물러나다가 그대로 모래 위에 꼬부라져 버린다.

억쇠의 목과 입과 코에서도 다시 피가 쏟아졌다. 그는 정신 나간 사람처럼 두 손으로 아래턱을 받쳐 피를 받으며 우두커니 앉아 있다 말고 돌연히 미친 것처럼 뛰어 일어나는 길로 또 한 번 와락 득보에게로 달려들어 쓰러져 있는 그의 바른편 어깨를 물어 떼었다. 어깨의 살이 떨어지며 시뻘건 피가 팔꿈치까지 주르르 흘러내리자 득보는 몸을 좀 꿈적이었으나, 역시 일어나지 못하는 채 그대로 뻗어져 누워 있는 것이었다.

억쇠는 입에 든 득보의 어깨살을 질겅질겅 씹다 벌건 핏덩어리

를 입에서 뱉어내고, 그러고는 또다시 술 항아리를 기울여 술을 몇 사발 마시고는 그 자리에 쓰러져 버렸다.

누구의 입에서 항복이 나온 것도 아니요, 어느 쪽에서 쉬기를 청한 것도 아니었다.

두 사람이 다같이 죽은 듯이 늘어지고 잠든 듯이 자빠졌으나, 아주 숨통이 멎은 것도 아니요, 정말 평온한 잠이 든 것도 아니다.

흐르는 냇물에서 저녁 바람이 일고 높은 소나무 가지에서 매미 소리가 서슬질 무렵이 되면, 그들은 마치 오랜 마주(魔酒)에서나 깨어나는 것처럼 떨고 일어나 아침에 먹다 남겨둔 술 항아리를 기울이기 시작하는 것이다.

저녁때의 싸움은 대개 억쇠가 먼저 거는 편이었다. 이번에는 처음부터 억쇠가 먼저 주먹질로 시작하였다.

두 사람의 몸뚱이는, 그러나 몇 번 모질게 부딪고 할 새도 없이 이내 피투성이가 되어 버리는 것이었고, 득보는 되도록이면 억쇠의 주먹을 피하려는 듯이 저만치 물러선 채 춤만 덩실덩실 추고 있는 것이었다.

"새야 새야 붕조새야

북명 바다 붕조새야

치징 치징 치징

지화자자 저절씨구."

"애 이놈 득보야!"

억쇠는 또 한 번 산골이 찌르렁하도록 소리를 질렀다.

"간다 훨훨 날아간다

 수격 삼천 리……

 내 한 주먹 번득하면 네놈 대가리가 박살이라,

 치징 치징 치징

 지화자자 저절씨구."

득보는 이렇게 목청을 뽑으며 점점 억쇠에게로 가까이 다가들어 왔다. 웬일인지 싸울 태세를 갖추지 않고 그냥 춤만 덩실덩실 추며 억쇠의 턱 앞까지 다가들어 왔다. 억쇠는 뛰어들어 그의 목을 안았다. 득보도 억쇠와 같이 하였다. 두 사람은 큰 나무가 넘어가듯 쿵 하고 한꺼번에 자빠져 버렸다.

득보의 목을 안고 한참 동안 엎치락뒤치락하던 억쇠는 갑자기 큰 소리로 껄껄껄 웃어 대었다.

그의 왼쪽 귀가 붙어 있을 자리엔 찢긴 살과 피가 있을 따름, 귀는 절반이나 득보의 입에 가 들어 있고, 득보는 아끼는 듯 그것을 얼른 뱉어 내려고도 하지 않았다.

이리하여 해가 지고 어두운 산그늘이 내려오도록 이 커다란 피투성이들은 일어날 생각도 없이 연방 서로 피를 뿜으며 엎치락뒤치락하고 있는 것이다.

3

억쇠와 득보는 지난해 봄에 처음으로 만났다. 그리하여 그날로 함께 살게 된 것이다. 말하자면 그날부터 그들의 생활이 시작되었던 건지도 모른다.

물론 그 이전부터 그들은 살아 있었다. 그러나…….

먼저, 주인 격인 억쇠로 말하자면, 그는 이 황토골 태생으로, 나이는 쉰두 살, 수염과 머리털이 희끗희끗 반이나 넘어 센 오늘날까지 항상 가슴속에 홀로 타는 불길을 감춰 온 사람이다.

그것은 언젠가 한번 저 무지개와도 같이 하늘 끝까지 시원스레 뿜어졌어야 했을 불길이었는지도 모른다. 그가, 그 동네 장정들도 겨우 다룬다는 들돌을 성큼 들어서 허리를 편 것으로 온 마을을 뒤집어 놓은 것은 그의 나이 열세 살 나던 해다.

"장사 났군."

"황토골 장사 났다!"

사람들은 숙덕거리기 시작하여, 이튿날은 노인들이 의관을 하고 동회(洞會)에 모여 들었다.

"예로부터 황토골에 장사가 나면 부모한테 불효하거나 나라의 역적이 된댔겄다."

"허긴, 인제는 대국 명장이 혈을 지른 뒤이니까 별 수는 없으리다."

"당찮으이, 온 바로 내 증조뻘 되는 이가 그때 장사 소릴 듣고 사또 앞에 잡혀가 오른쪽 팔 하나를 분질려 나왔거든."

이따위 소리들을 서로 주고받고 하다가 결국 억쇠의 오른쪽 어깨의 힘줄에다 침을 맞히라는 결론이 났다. 그중에서도 유독 심히 구는 사람이 억쇠의 백부뻘 되는 영감이었다.

"황토골 장사라면 나라에서 아는 거다. 자, 자식 하나 버릴 셈치면 그만일 걸……. 자, 괜히 온 집안 멸문당할라."

하고 동생을 윽박질렀으나, 그러나 동생은 끝까지 묵묵히 앉아 대답을 하지 않았다. 그에게는 억쇠 하나밖에 더 자식이 없었던 것이다.

그날 밤 그의 어머니는 억쇠의 소매를 잡고,

"이것아, 어쩌다 그런 철없는 짓을 했노. 너이 아바이 속을 너는 모를라."

하며 울었다.

이튿날 아침 그 아버지는 억쇠를 불러,

"늬 나이 열세 살이다. 몸 하나라도 성히 지닐라거든 철없이 아무 데나 나서지 마라, 네 일신 조지고 온 집안 문 닫게 할라, 모두가 늬 맘먹을 탓이다."
하였다.

억쇠는 아버지의 이 말을 가슴에 새겨들었다. 그리하여 씨름판이고, 줄목이고, 들돌을 다루는 데고, 짐 내기를 하는 마당에고, 일절 사람이 많이 모인 곳이나, 무슨 힘겨룸 따위를 하는 데는 나서지 않았다.

그의 나이 스무 살 남짓했을 때는 과연 솟는 힘을 제 스스로 감당할 수 없었다. 어떤 날 밤에는 혼자서 바위를 안고 산꼭대기로 올라갔다 골짜기로 내려왔다 하는 동안, 어느덧 밤이 새어 버리는 수도 있었다. 상투가 풀려 머리칼이 헝클어지고 두 눈엔 벌겋게 핏대가 서고 하여 흡사 미친 사람 같았다. 밤사이는 또 이렇게 바위와 씨름이라도 할 수 있지만, 낮이 되면 무엇이든지 눈에 뵈는 대로 때려 부수고 싶고 메어치고 싶고, 온갖 몸부림과 발광이 치밀어 올라 잠시도 견딜 수가 없었다. 힘자랑이 하고 싶어서가 아니라, 힘을 써 보고 싶다는 욕망이었다.

억쇠의 이런 소문이 또 한 번 황토골에 퍼지자, 그의 백부는 그

의 아버지를 보고,

"인제는 그놈이 무슨 일을 낼 끼다. 자아, 그때 내 말대로 단속을 했다면 이런 후환은 없었을걸, 자아, 인제 그 놈을 누가 감당할꼬, 자아, 그러면 늬 자식 늬가 혼자 맡아라. 나는 이 황토골에 못 살겠다."

이러고는 재를 넘어 이사를 가 버렸다.

억쇠는 이 말을 듣고 깊은 산속으로 들어가 목을 놓고 울었다. 집에 돌아와, 낫을 갈아서 아버지 모르게 오른쪽 어깨를 끊고 피를 흘렸다.

이것을 안 그의 어머니는,

"어리석게 인제 와서 그게 무슨 짓이람. 힘세다고 다 불량할까, 제 맘먹기에 달렸는걸……. 괜히 너의 어른 알면 시끄러울라."
하고, 되레 못마땅히 말했다.

그의 할아버지가 세상을 떠날 때, 그에게 남긴 유언도 다만 힘을 삼가라는 것뿐이었고, 그의 아버지가 임종에 이르러 그에게 신신당부를 한 것도 역시 이것뿐이었다.

"늬가 어릴 때 누구에게 사주를 보였더니 너의 팔자에는 살이 세다고, 젊어서 혈기를 삼가지 않으면 큰 화를 당할 게라더라……. 그렇지만 사람에게는 힘이 보배니 너만 알아 조처할 양이면 뒤에 한번 크게 쓰일 날이 있을 게다. 조용히 그때가 오기를 기다려라."

아버지가 숨을 거둘 때 남긴 이 말이 억쇠에게 있어서는 그 무슨 하늘의 계시와도 같이 들렸던 것이었다.

'한번 크게 쓰일 날이 있을 게다.'

'때가 오기만 기다려라.'

그는 잠시도 이 말이 그의 머릿속에서 사라질 때가 없었다.

그 미칠 듯이 솟아오르는 힘의 충동을 누르고 누르며 그 한번 크게 쓰일 날을 기다려, 오늘인가 내일인가 하는 사이, 그러나 그 기다리는 날이 오기도 전에 어느덧 그의 머리털과 수염만이 희끗희끗 반 넘어 세어지고 말았던 것이다.

그가 주막으로 나가 색시와 더불어 술잔을 기울이고 하기 시작한 것도 이 무렵부터의 일이었다.

하루는 삼거리 주막에서 분이라 하는, 예쁘장스러워 뵈는, 젊은 색주가와 더불어 술을 먹고 있는데, 계집이 잠깐 밖에서 손님이 저를 찾는다면서 곧 다녀 들어온다 하고 나간 것이, 종시 들어오질 않은 채, 때마침 밖에서는 무슨 싸움 소리 같은 것이 왁자지껄하기에 문을 열어 보았더니, 어떤 낯선 나그네 한 사람이 주인의 멱살을 잡아 이리 나꾸고 저리 채고 하는 중이 아닌가.

그새 뒤란(뒤뜰)에서 노름을 하고 있던 패들이 우우 몰려나와 이 말 저 말 주고받고 하던 끝에 시비를 가로맡았나 본데, 그것은, 주인의 말이,

"아, 생전 낯선 나그네가 와서 남의 주모더러 이 여자는 내 딸이다, 이리 내어 달라 하니, 온 세상에 이런 경위가 어디 있나."

하매, 필시 이 나그네가 분이의 상판대기에 갑자기 탐을 낸 모양이라고, 허나, 분이는 자기들도 누구나 다 끔찍이 좋아하는 터이요, 더구나 생전 낯선 작자가 돈 한 푼 어떻다는 말 없이 가로 집어 채려 하니, 이 불량하고 경위 없는 작자를 그냥 둘 수가 없다 하여, 노름패 중에서 한 사람이 먼저 따귀 한 찰을 올려붙였더니, 낯선 사내는 펄쩍 뛰듯이 일어나 그 노름꾼의 멱살을 덥석 잡아 땅에 메꽂아 놓았다. 이것을 본 한마당 사람들은 다 겁을 집어먹었으나, 원체가 이쪽엔 수효도 많고, 또 노름꾼 중에는 힘센 놈도 있고 독한 자도 있자니까, 그렇다고 그대로 물러설 리도 없었다. 이놈이 대들고 저놈이 거들고 하나, 낯선 사내는 좀처럼 꿀려 들어갈 듯도 하지 않는데 하나 둘 자빠져 눕는 것은 모두 이쪽 편이다. 머리가 터진 놈, 아랫배를 채인 놈, 허구리를 쥐어박힌 놈, 따귀를 맞은 놈, 부상자들이 마당에 허옇게 나가 누웠다.

억쇠도 술이 얼근했던 터이라, 이 꼴을 그냥 볼 수 없다 하여,

방에서 일어나 밖으로 나오며,

"아니, 웬 놈이 저렇게 불량한 놈이 있누?"

한 번, 집이 찌르렁 울리도록 큰 소리로 호령을 쳤다.

낯선 사내는 이쪽으로 고개를 돌려 억쇠를 한 번 흘겨보더니,

"홍, 너도 이놈……."

하는, 말도 채 맺지 않고, 별안간 뛰어들며 머리로 미간을 받으매, 억쇠도 한순간 정신이 다 아찔하였으나 그다음 순간엔 그도 바른 손으로 놈의 멱살을 잡아 쥘 수 있었다. 보매 기골도 범상히는 생긴 놈이 아니로되, 그래도 처음 억쇠는 그놈이 그저 힘깨나 쓰는 데다 싸움에 익은 놈이려니 쯤으로밖에 더 생각하지 않았던 것인데, 한번 힘을 겨뤄보자 그냥 이만저만 센 놈이나 불량한 놈만은 아니라는 것을 깨닫게 되었다. 순간, 억쇠는 문득 자기의 몸이 공중으로 스르르 떠오르는 듯한 즐거움이 가슴에 솟아오름을 깨달으며 저도 모르게 멱살 잡았던 손을 슬그머니 놓아 버렸다.

4

이 낯선사내—그의 이름이 득보였다—가 억쇠를 따라서 황토골로 들어와, 억쇠와 징검다리 하나를 사이하고 살게 된 것은 바

로 그날부터의 일이었다. 냇물가에 길을 향해 앉아 있던 오두막 한 채를 억쇠가 그를 위하여 마련해 주었던 것이다.

한 사날 뒤에 득보는,

"털이 그렇게 반이나 센 놈이 여태 자식새끼 하나도 없다니 가련하다. 헌데 나는 네놈한테 아무것도 줄 게 없구나. 그래서 분이를 데리고 왔다. 네 새끼 삼아 네가 데리고 살아라."

하였다.

억쇠가 거북하게 웃으며,

"너는 이놈아……?"

하고 물으니까 득보는,

"늙은 놈이 남의 걱정까지 하게 됐느냐. 고맙다 하고 술이나 한 턱 걸찍하게 낼 일이지. 하기야 그렇지 않기로서니 아무렴 이 득보가 조카딸년 데리고 살겠나마는……."

하며 입맛을 다시었다.

득보의 조카딸이란 말에, 억쇠는 그렇다면 생판 남은 아닌 모양이라고 좀 더 마음을 놓으며,

"너도 이놈아, 같이 늙어가는 놈이 웬걸 주둥아리만 그렇게 사나우냐. 더구나 내가 늙었음 네놈 같은 거 하나쯤 처분하지 못할 성 부르냐."

"늙은 것이 잔소린 중얼중얼 잘 줏어섬긴다."

두 사내가 이런 말을 건네고 있는 동안 분이는 억쇠네 술항아리
에서 술을 퍼내다 거르고 있었다. 이것이 분이와 억쇠의 혼사요,
또 그녀에게 있어서는 시집살이의 시작이기도 하였다. 술이 얼근
했을 때, 억쇠 가 또 득보를 보며,

"너는 이놈아 혼자 살래?"

하고 물어 보았더니 득보는 곧,

"세상에 계집이 없어?"

하고 자신 있게 말했다.

"네놈 그 험상궂은 상판대기 하며 웬걸 여자들이 그렇게 줄줄
따르겠나."

"흥, 이놈아 너무 따라서 걱정이다. 그러기 땜에 분이도 네놈의
차지가 되는 거다. 저년은 강짜를 너무 놓기 땜에 나한테는 어울
리지 않거든, 너 같은 농사꾼한테나 제격이지."

이러한 득보의 대답을 억쇠는 어떻게 들어야 할지 몰랐다. 아까
는 자기가 그에게 집을 마련해 준 사례로, 그리고 또 이왕 제 조카
딸을 데리고 살 수는 없으니까 데리고 왔노라고 해 놓고, 지금 와
서는 강짜가 심해서 어차피 저에게는 어울리지 않기 때문이라는
것이다.

처음 주막에서 득보는 분이를 자기의 딸이라 했고, 그 다음엔 조카딸이라 하더니, 지금 와서는 제가 데리고 살자니까 너무 강짜가 심해서 억쇠에게 양보를 한다는 것이다. 아무렇거나 억쇠는 어차피 후처를 얻어야 할 형편이요, 또 분이와는 본래 그녀가 주모로 있을 적부터 이미 색념이 있던 터이라 구태여 마다할 까닭도 없었다.

그러나 득보가 분이를 두고 딸이니 조카니 하는 것처럼 득보에 대한 분이의 태도도 또한 야릇한 것이 있어, 어떤 때는 아저씨랬다 어떤 때는 그이랬다, 심하면 아주 득보라고도 불렀다. 그러다가 어느 날 밤엔,

"아무것도 아니오. 외가는 외가뻘이라 하지만 그이와는 직접 걸리지 않고, 내 외삼촌의 배다른 형제라요."

했다. 어느 날은 또 술이 취해서,

"왜 내가 아일 못 낳아? 저 건너 득보한테 가 물어보지, 분이가 열여섯에 낳은 옥동자를 어쨌는가고. 사내 글러 못 낳지 내 배 탓인 줄 알어?"

라고도 하였다.

이와 같이 걸핏하면 곧잘 득보의 이름을 걸치고 드는 분이가 억쇠에게는 여간 못마땅하지 않았지만, 처음부터 숫색시인 줄 알고

장가든 것이 아닌 바에야 못 들은 체해 둘밖에 없다고 생각하였
다. 거기서 그 두 사람이 이리저리 걸치는 말들을 종합해서 그들
의 과거란 것을 대강 추려보면, 득보는 본래 이 황토골에서 한 팔
십 리가량 떨어져 있는 어느 동해변(東海邊)에서 그의 이복형제들
과 더불어 대장간 일을 하고 있었는데, 한번은 그 형제들과 싸움
을 하다 괭이로 머리를 때려서 그 형제 하나를 죽이고 그 길로 서
울까지 달아나 거기서 누구 집 하인 노릇을 하던 중, 이번에는 또
그곳 어느 대가의 부인과 관계를 맺었던 모양이다. 그랬다가 그것
이 세상에 드러나게 되자 거기서 도망질을 쳐서 도로 고향 근처로
내려와 다시 옛날과 같은 대장간 일이나 보고 있으려니까 이번에
는 다시 그가 옛날 형제를 죽인 사람이란 소문이 퍼져, 더 머물러
살 수 없게 되니, 하는 수 없이 또 나그넷길을 떠날 수밖에 없었던
듯하다.

분이는 득보가, 두 번째 그의 고향 근처로 내려와 살려다 못 살
고 다시 나그넷길을 떠나게 된 데 대하여, 그것은 그녀 자신이 그
의 '옥동자'를 낳게 되었기 때문인 듯이 말하지만, 그것이 어느
정도 확실한 이야기인지는 모를 일이다. 분이의 그 야릇한 말투와
행동으로 보아서, 그 관계란 것을 가령, 분이가 아직 열여섯 살밖
에 되지 않은 어린 계집애의 몸으로서 자기의 외삼촌뻘이 되는—

외삼촌의 이복형제라니까—득보의 아이를 낳게 된 것이라 하더라도, 득보와 같은 그러한 위인이 그만한 윤리적 탈선이나 과실로 인하여 일껏 벌였던 일터를 동댕이치고 다시 나그넷길을 떠나게 되었으리라고는 믿어지지 않는다. 그러고 보면 거기엔 위의 두 가지 이유가 다 걸려 있었는지도 모를 일이다.

분이가 걸핏하면 득보의 이야기를 끌어내는 것은 그녀의 마음이 거기 있는 까닭이요, 마음이 있는 곳에 몸도 대개 가 있어, 한 달 잡고 스무 날 밤은 억쇠가 홀아비로 자야 하였다. 낮에 가서 술잔이나 팔아 주고 돼지 다리나 삶아 주고 하는 것쯤은 분이의 과거가 그러하니만큼 혹 예사라 치더라도 잠자리까지 그러한 데는, 제 말대로 비록 제 외삼촌의 이복형제뻘쯤 된다 할지라도 바로 징검다리 이쪽에 제 서방의 집을 두고 있는 처지에서는 해괴하기 짝이 없는 노릇이었다.

억쇠가 득보더러,

"너 이놈, 분이는 왜 밤낮 네 집에 붙여 두는 거여."

하고 꾸짖으면,

"늙은 놈이 계집 투정은 어지간히 한다."

하며 득보는 가래침을 탁 뱉곤 했다.

"어디 보자, 네놈 주둥아리가 곧장 성한가."

"벼르지만 말고 낼이라도 당장 끝장을 내렴. 끝장을 못 내면 그 대신 계집은 내게 넘기고……."

"흥……."

하고 억쇠는 코웃음을 쳤다. 네놈 하나쯤은 가소롭다는 뜻이다. 이럴 때 만약 어느 쪽에서든지 술과 안주만 준비되어 있다면 이튿날로 곧 싸움이 벌어진다. 그들과 같이 가끔 싸움을 가져야 하는 사이에 있어 분이의 그러한 생활 태도는 그것을 돋우는 데 도움이 되었다. 하기는 득보가 처음부터 조카딸이라는 구실로 그녀를 억쇠에게 갖다 맡긴 것도 미리 다 이러한 효과를 노렸던 것인지 몰랐다.

분이는 분이대로 두 사나이가 자기를 두고 무슨 수작을 하든지 그런 것은 아랑곳도 없다는 듯이 밤이나 낮이나 부지런히 징검다리를 건너다녔다.

억쇠가 볼 때, 더욱 해괴한 노릇은, 분이가 득보를 두고 강짜를 놓는 일이었다. 득보는 언젠가도 천하에 흔한 게 계집이라는 큰소리를 쳤지만, 과연 제 말대로 분이가 아니더라도 계집에 그다지 주릴 사이는 없었다. 어디로 한번 나가 며칠을 묵고 들어올 적에는 으레 낯선 계집 하나씩을 달고 돌아오곤 하였다. 그것들이 그러나 사흘도 못 가 대개 달아나 버리기는 하였지만.

그런데 또 한 가지 망측한 일은 이렇게 득보가 가끔 달고 들어오는 계집들에게 분이가 번번이 강짜를 부린다는 것이다. 강짜를 놓되 이건 어처구니도 없이, 이년아, 왜 남의 은가락지를 훔쳤느냐, 내 다리를 찾아내라, 수젓가락이 없어졌다, 모시 치마는 어디 갔느냐…… 이런 식으로 낯선 계집들의 노리개나 옷벌을 뺏기가 일쑤요, 그러고서도 계집이 얼른 물러가지 않으면 이번에는 육박전으로 달려들어 머리를 뜯고 옷을 찢곤 하는 것이다.

  "너 때문에 득보는 평생 어디 장가들겠나."
하고 억쇠가 나무라면, 분이는,

  "벨 소릴 다 듣겠네. 그럼 도둑년을 붙여 둘까."
하고 톡 쏘는 것이다.

  한번은 역시 그러한 여자 하나가 득보에게 정이 들었던지 얼른 달아나지 않고 한 달포 동안이나 붙어살게 되었다. 분이가 그런 따위 수작을 붙이면 서슴지 않고 제 보따리를 털어서 척척 내어주어 버린다. 몸집도 큼직하려니와 여자치고는 힘도 세어서 분이가 본래 남의 머리를 뜯고 옷벌이나 찢는 데는 여간한 솜씨가 아니라고 하지만, 이 여자에게만은 그리 잘 되지 않는 모양이었다. 몇 번 머리를 뜯으려고 달려들었다가는 번번이 실패를 보고 말았다. 그러자 분이는 일도 하지 않고 잠도 자지 않은 채, 며칠이든지 득보

네 방구석에 그냥 박혀 있었다. 밤사이에는 셋이서 무엇을 하는
지, 밖에서 들으면 흡사 씨름을 하는 것처럼 툭탁거리고 쾅쾅거리
는 소리만 들렸다. 어떤 때는 그것이 거의 밤새도록 계속되기도
하였다. 이러고 난 이튿날 아침에 보면 세 사람이 다 으레 머리를
풀어 흩뜨린 채 눈들이 벌개져 있었다. 그것을 보는 억쇠는 입맛
이 쓴지,

"더러운 연놈들!"
하면서 침을 뱉곤 하였다.

그렇게 얼마를 지난 어느 날 새벽녘이었다.

"연놈이 사람 죽이네!"
하는 날카로운 비명 소리가 들렸다. 분이의 목소리였다. 그러고는
또다시 툭탁거리는 소리가 들리기 시작하였다.

이와 같이 득보의 생활에 사생결단의 관심을 걸고 있는 분이가,
그러면 제 서방 셈인 억쇠를 보지 않느냐 하면 그런 것도 아니다.
정부는 정부요, 본부는 본부란 속인지, 득보의 집에서 국그릇도
들고 오고 밥사발도 안고 오곤 하여, 시어머니와 억쇠의 밥상을
보는 체도 하고, 가다가 빨래가 밀리면 빨랫방망이를 들고 나서기
도 하였다. 그 밖에 무슨 잠자리 같은 데서 몸을 사리거나 하느냐
하면 그런 일은 한 번도 없고, 그보다도 분이의 말을 빌리면, 억쇠

에 대한 그녀의 가장 중요한 불만이, 잠자리에 있어 그가 너무 심심한 점이라 한다.

5

분이가 밤낮으로 징검다리를 건너다니고 있을 무렵, 억쇠는 맘속으로 그녀를 단념하고, 그 대신, 그전부터 은근히 눈독을 들여오던 설희를 손에 넣고 말았다.

억쇠는 혈통이 농부요, 과거가 또한 그러니만큼 잠자리에서뿐만 아니라, 분이의 모든 점이 그에게는 맞을 수 없었다. 더구나 늙은 어머니까지 모시는 몸으로 여태 혈육 한 점 없다는 것도 여간 송구스러운 일이 아니었다. 뿐만 아니라, 자기 자신의 심정으로서도 자식 하나쯤은 기어이 남겨야 할 것같이 생각되었다.

그러나 마음씨나 몸가짐이 그러한 분이에게 이 일을 기대할 수는 없었고, 또 그러니만큼 그것을 통정(通情:통사정)하고 싶지도 않아서 그녀와는 상의 없이 저 설희를 보게 되었던 것이다. 그러나 분이는 또 분이대로 잔뜩 배알이 틀리는지,

"흥, 씨 글러 못 낳지, 배 글러 못 낳는 줄 아나. 어느 년의 그건 어디 별난가 두고 보자!"

하며 이를 갈아붙였다.

　설희는 용모가 미인이었고, 게다가 행실까지 얌전하다 하여 부근 일대엔 모르는 사람이 없으리만큼 소문이 높이 나 있던 여자였다. 스물셋에 홀로 되어 그동안 여러 군데서 무수히 권하는 개가도 듣지 않고 식구라야 하나밖에 없는 늙은 시아버지를 지성껏 섬겨가며 군색한 빛 남에게 보이지 않고 살아왔던 것이다. 얼마 전 그 시아버지마저 세상을 떠나버리고 의지가지없게 되자, 그동안 이미 오래전부터 마음을 두고 몇 차례 집적거려 보기까지 하여 오던 억쇠가 드디어 그녀를 손에 넣고 말았던 것이었다.

　한편 설희에 대하여 침을 흘려온 자로 말하면 물론 억쇠 한 사람뿐만이 아니었다. 가운데도 득보는 잔뜩 제 것이 될 줄로만 믿어 왔던 모양으로, 설희가 억쇠와 함께 지내게 되었다는 소문을 듣자, 으흥 하고 신음 소리를 내었다.

　"늙은 놈이 계집을 둘씩이나 두고 거드럭거리다 쉬 자빠질라. 괜히 헛욕심 부리지 말고 진작 하날랑 냉큼 내놓는 게 어때."

　안냇벌에서 돌아오며 억쇠에게 하는 말이었다.

　억쇠는 그냥,

　"그놈 주둥아릴……."

하고 말았지만 속으로는,

'이놈이 끝내 그냥 있진 않겠구나.'

했던 것이다.

어느 날 밤에는 비가 부슬부슬 내리는데 한 이경(二更:밤 9시에서 밤 11시)이나 되어 억쇠가 설희에게로 가니 그 방문의 불빛은 여느 때와 마찬가지로 불그레하게 비쳐 있는데 그 안에서 사내의 코 고는 소리가 드르렁거렸다. 아차 싶어 신돌 위를 보니 아나나 다를까, 그 침침한 불빛에서도 완연히 크고 낯익은 미투리 한 켤레가 놓여 있지 않는가. 순간 억쇠는 자기 자신도 모르게 주먹이 불끈 쥐어지며 온몸의 피가 가슴으로 쫘악 모여드는 듯하였다. 떨리는 손으로 막 문고리를 잡으려 할 때, 저쪽 뜰 구석에서 사람의 기척 소리가 나는 듯하여 얼른 머리를 돌려서 보니 그쪽 어두컴컴한 거름 무더기 곁에 하얗게 서 있는 것이 분명히 사람의 모양이요, 한 두 걸음 가까이 들어서는데 보니 바로 설희였다.

설희는 억쇠의 턱 밑으로 다가 들어서며,

"득보요. 벌써 초저녁에 와서 어른을 찾데요, 안 계신다고 해도 그냥 들어와서 어떻게 추근추근히 구는지, 할 수 없이 측간엘 간 다고 나와서 뒤꼍에 숨어 안 있는교."

이렇게 소곤거렸다.

"으—ㅁ."

하고 억쇠는 혼자 속으로,

　‘죽일 놈이다!’

했다.

　부들부들 떨리는 손으로 방문 고리를 잡을 때는 이놈을 아주 잠이 든 채 대가리를 부숴 놓으리라, 했던 것이다.

　득보는 억쇠가 문을 열고 들어와도 모르고, 방에 하나 가득 찰 듯한 큰 신장을 뻗뜨리고 자빠져 누워 드르렁거리며 코를 골고 있었다. 유달리 검붉고 뚝뚝 불거진 얼굴에 희미한 불 그림자가 가로 비껴 있고, 여줏덩이만이나 한 콧마루 위에는 어이한 파리 한 마리가 앉아 있다. 파리는 콧마루에서 콧잔등을 타고 기어 올라가다가 산근(山根:콧마루와 두 눈썹 사이) 즈음에서 한 번 날아서, 다시 그의 왼쪽 눈썹 끝의 도토리만 한 혹 위에 가 앉았다. 파리와 함께 그의 시선도 그 혹 위에 가 멎어서 더 움직이질 않았다. 그것은 금년 삼월 삼짇날 싸움 때 억쇠의 주먹에 맞아서 생긴 거라는 혹이었다. 그러자 억쇠는 문득 어떤 비창(悲愴:마음이 몹시 상하고 슬픔)한 생각이 들었다. 그는 후들거리는 발길로 득보의 엉덩이를 걷어차며,

　“이놈 득보야!”

하고 불렀다.

　몸을 좀 꿈틀거리다 그대로 다시 코를 골기 시작하는 득보를 이

번에는 좀 더 거세게 지르며,

　"이놈 득보야!"

하니, 그제야 핏대가 벌겋게 선 눈을 떠 방 안을 한 번 살펴보고 나서 기지개를 켜며 부스스 일어나 앉았다.

　억쇠가 목소리에 노기를 띠고,

　"네 이놈 여기가 어디여."

한즉, 그는 입맛만 쩍 다시고는 대답이 없었다.

　"네 이놈 여기가 어디여."

　또 한 번 호통을 치니, 그제야 그 벌건 눈으로 억쇠를 한 번 힐끗 쳐다보며,

　"어딘 어디라."

한다.

　"흥, 이놈!"

　억쇠는 한참 득보의 낯을 노려보고 있다 이렇게 선웃음을 한 번 치고 나서, 얼굴을 고쳐,

　"따로 매는 맞을 날이 있을 터이니 오늘 밤엔 우선 술이나 처먹어라."

하고, 설희를 불러 술을 청했다.

　이날 밤 이래로, 득보의 설희에 대한 태도가 조금 은근해진 듯

하기는 했으나, 그 대신 전날보다도 더 걸음이 쉽고 잦게 되었다.

"아지매 있어?"

득보는 언제나 밖에서 이렇게 불렀다. 설희는 설희대로 득보가 비록 자기를 찾더라도,

"안 계시는데요."

하고, 으레 바깥주인이 안 계시다는 뜻으로만 대답을 하곤 했으나, 득보는 억쇠가 있든지 없든지 불구하고 그냥 방으로 들어오므로, 나중에는 잠자코 방문만 열어보곤 하였다.

이렇게 방 안에 들어온 득보는 처음엔 으레 농지거리 비슷한 인사말을 붙여 보곤 하였으나, 수작이 지나치면 그때마다 설희의 두 눈에 싸늘한 칼날이 돋침을 발견하고 그러고는 슬그머니 뒤로 물러앉는가 하면 의외로 빨리 자빠져 누워 코를 골기 시작하는 것이었다.

"이놈아 맞아 죽을라, 조심해라."

억쇠가 은근히 얼러보면,

"더럽게 늙은 놈아! 친구가 네 계집 궁둥이에 좀 붙어 자기로서니 늙은 놈 처신으로 그것까지 샘질이냐?"

득보는 아니꼬운 듯이 가래를 돋우곤 하는 것이다.

그러나 억쇠는 득보가 언젠가 분이를 두고도 이렇게 가래만 뱉

던 것을 기억하고,

"흥, 이놈 어디 두고 보자."

무서운 눈으로 노려보면,

"이놈아, 그렇다면 낼이라도 끝장을 내자. 어느 놈의 계집이 되는가 말이다."

하고, 득보는 또 언젠가 분이를 두고 하던 것과 같은 말투였다.

"어디 이놈!"

하고 이번에는 억쇠도 이전과 달랐다.

이 모양으로, 두 사람 사이에 설희가 새로 등장한 이후로는 언제나 그녀로써 싸움의 동기를 삼았다. 그것도 물론 분이의 경우와 같이 한갓 싸움을 돋우기 위한 방편에 지나지 않았는지 모르지만, 분이의 경우보다는 양쪽이 다 좀 더 심각한 체하는 것도 사실이었다.

억쇠도 설희에 대해서만은 진지한 태도로, 어쩌다 술이라도 얼근해지면,

"난 자네가 암만해도 염려스러우이."

하고 슬쩍 그녀의 마음을 떠보기도 하였다. 그럴라치면 그때마다 설희는 소곳이 고개를 수그릴 뿐 대답이 없었다.

한번은 분이의 이야기를 하던 끝에 설희는,

"아주 떼내어 버려요."

하기에, 그때 역시 술기가 얼근하던 억쇠는, 농담 삼아 또,

"그랬다가 자네마저 득보 놈이랑 어울려 버리면 어쩌라구."

했더니, 설희는 갑자기 낯빛이 파랗게 질리어 한참 앉아 있다가,

"저같이 팔자 험한 년이 앞으론들 좋기로사 바라겠소……. 그저 이 위에 더 팔자는 고치지 않을 작정……."

하며 조용히 수건으로 눈물을 받으매, 억쇠는 취한 중에서도, 설희의 팔자란 말에 문득 자기의 반 넘어 센 수염을 쓸어 쥐며,

"미안하이, 미안해……."

진정으로 언짢아하였다.

득보가 밤낮없이 설희의 방에 걸음이 잦을 무렵이었다.

밤마다, 달이 있을 때에는 그 집 뒤꼍의 늙은 홰나무 그늘에 숨고, 달이 없을 때엔 캄캄한 어둠에 싸인 채 그 불빛이 희미하게 비치어 있는 설희의 방문을 노리고 있는 여자 하나가 있었다.

그녀의 낯에는 그믐달빛 같은 독기가 서리고, 그 두 눈에는 야릇한 광채가 돌고, 그리고, 그 품속에는 날이 새파란 비수(匕首) 하나가 헝겊에 싸여 들어 있었다.

6

억쇠와 득보 두 사람이 서로 겨루듯이 열을 내어 설희에게 다니기 시작한 뒤부터 분이의 낯빛과 거동엔 변화가 생겼다. 그녀는 전과 같이 수다스레 지껄이지도, 노골적으로 입을 비쭉거리지도 않았다. 밤으로는 어디 가 무엇을 하고 오는지 집 안에 붙어 있지도 않다가 낮이 되면 온종일 이불을 쓰고 잠을 자는 것이었다. 언제 어떻게 끼니를 치르는지 그녀는 거의 식사를 전폐하듯 하였다. 그녀의 낯빛은 이제 종잇장같이 되고, 입가에 언제나 뱅글거리던 웃음도 아주 흔적을 감추어 버렸다.

분이의 이러한 심상찮은 거동을 억쇠 역시 깨닫지 못한 바는 아니었으나 그는 그의 어머니의 병환으로 경황이 없을 즈음이라 설마 어떠랴 하고 내버려 두었던 것이다.

어느 날 밤에는 억쇠가 그의 어머니의 병시중을 들고 있노라니까, 밤이 이슥해서 건너 편 득보네 집에서 갑자기 싸우는 소리가 났다. 이윽고 분이의 비명 소리가 나고, 그러고는 싸움 소리는 갑자기 그쳐 버렸다. 분이의 비명 소리가 났을 때, 억쇠의 늙은 어머니는 갑자기 자리에서 몸을 일으키며,

"야야, 저게 무슨 소리고? 저게, 저게!"
하고 억쇠의 소매를 잡아 당겼다.

이때부터 병세는 갑자기 위중해져서 그런 지 사흘째 되던 날 그 맘때엔 노인의 몸에서 이미 숨이 없어진 뒤였다.

황토골 뒷산 붉은 등성이에 억쇠네 무덤 한 쌍이 더 늘던 그날 밤이었다.

억쇠가 그의 친척 몇 사람과 더불어 아직도 뜰 가운데 타고 있는 화톳불을 바라보고 있었을 바로 그때, 그의 가엾은 설희는 그 뱃속에 또 하나 다른 생명을 넣고, 목에 푸른 비수가 꽂힌 채 그녀의 다난한 일생을 끝내고 말았다.

설희의 몸이 채 식기도 전에, 손과 소매와 치맛자락을 온통 피로 물들인 채, 분이는 다시 그 캄캄 어두운 홰나무 밑을 돌아 득보를 찾아 가고 있었다. 아직도 핏방울이 듣는(방울져 떨어지는) 그녀의 오른쪽 손에는, 다시 설희네 집에서 들고 나온 식칼이 번득이고 있었다.

낮에 상여를 메고 갔다 산에서 흙일을 하고 돌아온 득보는 술이 잔뜩 취하여, 마침 분이가 치마 속에 그것을 숨기고 설희 집 뒤의 홰나무 그늘을 돌아 나올 때쯤 하여서는 불도 켜지 않은 캄캄한 방 안에 막 잠이 들어 있었던 것이다.

방문 앞까지 와서, 방 안의 득보의 코 고는 소리를 들은 분이는 흡사 조금 전에 설희의 방문 고리를 잡으려던 그 순간과 같이, 별안간 가슴에서 걷잡을 길 없는 쌍방망이질이 일어나며, 그와 동시에 코에서는 어릴 적 남몰래 주워 먹던 마른 흙냄새가 훅 끼쳐 오르며 정신이 몽롱하여졌다. 바로 그 다음 순간, 분이는 반무의식 상태에서 바른손에 든 식칼로 어둠 속에 코를 골고 자는 득보의 목을 내려 찔렀다. 그러나 칼날은 그의 목을 치지 못하고 목에서는 한 뼘이나 더 아래로 빗나가 그의 왼편 가슴을 찔렀다.

가슴이 뜨끔 하는 순간, 득보는,

"어엇!"

하고, 놀라 일어나려는데, 무엇이 왈칵 가슴으로 뛰어 들어와 안기려 하였다. 분이라는 생각이 섬광처럼 머릿속에서 번쩍하던 다음 순간, 득보는 무슨 악몽에서나 깨는 듯 가슴의 것을 힘껏 후려 던져 버렸다. 분이는 문턱에 가 떨어졌다.

그제야 정말 정신이 홱 돌아 들어오며 거의 본능적으로 그 손이 그쪽 가슴께로 갔다. 가슴에서 뜨뜻한 액체 같은 것이 손에 묻어지자, 그 순간, 또 한 번 꿈속에 벼락을 맞듯 등골이 찌르르해짐을 깨달으며 그대로 자리에 쓰러져 버렸다.

이튿날 새벽 억쇠가 숨을 헐떡이며 뛰어왔을 때엔 온 방 안이 벌건 피요, 피비린 냄새가 코를 찔렀다.

"득보!"

하고, 억쇠는 큰 소리로 불렀다.

"……."

득보는 잠자코 눈을 떠서 억쇠를 쳐다보았다. 그의 두 눈에는 벌건 핏대가 서 있었다.

"득보!"

"……."

"죽든 않겠나, 죽든."

"……."

대답 대신 득보는 손으로 왼편 가슴을 더듬었다. 거기엔 시뻘건 핏덩이가 풀처럼 엉겨 붙어 있고, 다시 그의 엉덩이 즈음에서는 피철갑이 된 식칼 하나가 나왔다. 식칼을 집어 들어서 보고 있는 억쇠의 신발에서는 피가 스며 올라와 버선을 적시었다.

그동안 부엌의 억새풀 위에 쓰러져 누워 있었던 분이는 새벽녘이 되어, 억쇠의 목소리가 나자, 놀라 일어나 거기서 그림자를 감추어 버렸다. 그러고는 두 번 다시 그녀는 나타나지 않았다.

7

득보의 가슴의 상처는 달포(한 달이 조금 넘는 기간) 만에 거죽만은 대강 아물어 붙었으나 그 속은 웬일인지 자꾸 더 상해만 들어가는 모양이었다. 양쪽 광대뼈가 불거져 나오고, 광대뼈 밑에는 우물이 푹 패고, 게다가 낯빛은 마른 호박같이 되어, 옛날의 모습은 볼 길이 없는데, 이마에는 칼로나 그어낸 것처럼 깊고 험상궂은 주름살만 늘게 되었다. 그는 달포 동안에 완전히 늙은 사람이 되었다.

"분이는?"

그는 억쇠를 볼 때마다 늘 이렇게 물었다.

처음 억쇠는, 득보가 분이를 찾는 것은 분이에 대한 원수를 갚으려는 줄 알았으나, 두 번 세 번 그의 표정을 보아오는 동안, 그렇기만도 한 것이 아니고, 어쩌면 분이를 도리어 아쉬워하고 있는 듯한 눈치이기도 하였다.

"내가 찾아오지."

억쇠는 늘 이렇게 대답하였다.

그러나 좀처럼 분이의 행방은 알 길이 없었다. 혹은 그녀의 고향인 동해변 어디에 가 산다는 말도 있고, 혹은 남쪽의 어느 객주집에 가 역시 주모 노릇을 한다는 말도 있고 또 일설에는 영천(永川) 지방 어디서 우물에 빠져 죽어 버렸다는 소문도 있었다.

"뭐 하노."

득보는 억쇠에게 곧잘 역정을 내었다.

"그동안 찾아내지."

그러나 억쇠는 분이를 찾아 길을 떠나지는 않았다.

이듬해 봄이 되었다.

세안(歲安:한 해가 끝나기 전)에 가끔 장 출입을 하던 득보는, 땅에서 풀이 돋고, 건너 산에 진달래가 필 무렵이 되자, 표연히 어디로 길을 떠나고 말았다.

억쇠는 억쇠대로 그날부터 득보를 기다리기 시작하였다. 그는 매일같이 주막에 나가 득보의 소문만 들으려 하였다. 이른 여름이 되었다.

나뭇가지마다 녹음이 우거져 가는 단오 무렵 어느 날 득보는 의외로 어린 계집애 하나를 데리고 황토골로 돌아왔다. 유록(黝綠:검은빛을 띤 녹색) 저고리에 분홍 치마를 입은 열두어 살 가량 되어 뵈는, 이 어린 계집애는 분이가 열여섯 살 때 낳은 그녀의 딸이라는 것이었다. (그녀 자신은 일찍이 옥동자라고 했지만…….)

"분이는 어쩌고?"

억쇠가 물은즉, 득보는 힘없이, 다만,

"아마 뒈진 모양이여."

하였다.

그 뒤에도 득보는 가끔 집을 나가면 한 예니레씩 묵어 들어오곤

하였다.

"어디 갔더누."

억쇠가 물으면, 득보는 힘없이 그저,

"저어기……."

하고 마는 것이 분명히 분이를 찾아다니다 오는 눈치였다.

분이를 찾아 나가지 않고 집에 있을 때는 무시로 계집애를 보내어 억쇠의 거동을 엿보게 하였다.

"멀 하더누."

"누워 있데요."

이것이 그들 아비 딸의 대화였다. 만약 억쇠가 집에 없더라고 하면 몇 번이든지 계집애를 되돌려 보내었다. 그리하여 결국 그가 집에 돌아와 있더라는 보고를 듣고 나서야 마음을 놓는 모양이었다.

한번은 주막에서 술이 취해서 돌아오는 길로 억쇠에게 들르더니, 득보는 그 커다란 주먹을 억쇠의 턱 밑에 디밀어 보이며,

"너 같은 놈은 아직 어림없다."

고 하였다.

억쇠도 자칫 흥분을 하여,

"허허허……."

소리를 내어 웃어 버렸더니, 득보는 그 주먹으로 억쇠의 볼을

쥐어박으며,

"이 늙은 놈아, 이 더러운 놈아."

분이 찬 목소리로 이렇게 욕을 하였다.

억쇠도 그제야 자기의 경망한 웃음을 뉘우치며,

"술만 깨면 네놈 죽여 놓을 게다."

하고, 호통을 쳤더니, 그제야 득보도 눈에 광채를 띠며,

"응, 이놈아, 정말이냐."

하고, 자기의 귀를 의심하는 듯이 이렇게 한 번 다지는 것이었다.

그러나 이튿날도 사흘째도 억쇠는 득보를 찾아 주지 않았다.

그런 지도 보름이 지난 뒤였다.

낮이 다 되어 득보는 억쇠를 찾아와, 그동안 노름을 해서 돈이 생겼으니 술을 먹으러 가자고 하였다.

마침 목이 컬컬하던 차라 억쇠도 즐겁게 술잔을 나누게 되었는데, 그러나 득보의 행동이 웬일인지 이날따라 몹시 굼뜨게 보였다. 억쇠는 마음속으로 득보가 분이를 못 잊어 그러려니 하고,

"너 이놈, 죽은 분이는 왜 못 잊고 그 지랄이냐."

했더니,

"늙은 놈이 더럽게 계집 생각은 지독하게 헌다."

하며 도로 억쇠를 나무라 주었다.

"이 불쌍한 놈아, 분이는 영천서 우물에 빠져 죽은 지도 벌써 옛날이다."

하고, 억쇠가 한마디 던져본즉,

"그놈이 영천만 알고 언양(彦陽)은 모르는구나."

하였다. 그러면 영천이 아니라 바로 언양서 죽은 게로구나, 억쇠는 속으로 짐작을 하며, 그래서 저놈이 이 한 달포 동안은 그렇게 아가리에 술만 들이부은 게로구나, 하는 생각도 들었다.

"그럼 너는 이놈아, 상제 노릇을 해야지."

하는 억쇠의 말에, 득보는 무엇을 생각하는지 한참 동안 잠자코 있더니, 흥 하고 그저 코웃음을 한 번 칠 뿐이었다.

술이 거진 다 마쳐갈 무렵이었다.

득보는 돌연 술상 위에 날이 퍼렇게 선 단도 하나를 내놓으며,

"너 이놈, 네 죄 알지?"

하였다.

그러나 억쇠는 마치 자기 자신도 모르게 그러한 것을 예기하고나 있었던 것처럼 조금도 당황하거나 겁을 집어 먹는 빛이 없이, 자칫하면 또 언제와 같이 웃음이 터져 나올 듯한 것을 억지로 누르며,

"흥, 내가 이놈……."

하고, 엄숙한 음성으로 입을 떼었다.

"네놈의 목숨 하나 오늘까지 남겨 온 것은 다 요량이 있었던 거다."

억쇠의 두 눈에도 불이 켜졌다.

억쇠의 장엄한 목소리와 불을 켠 두 눈에서 형언할 수 없는 만족감을 깨달으며, 그러나 득보는 비웃는 듯이,

"너도 사내새끼로 생겨나, 방 안에서 자빠지기가 억울커든 나서거라."

하며, 단도를 도로 고의(남자의 여름 홑바지)춤에 넣어 버렸다.

억쇠는 득보를 먼저 안냇벌로 들여보낸 뒤, 자기는 주막에 남아서 술 준비를 시키고 있었다.

"소주는 역시 깔깔한 놈이 좋군."

억쇠는, 안주인이 맛보기로 부어준 사발의 소주를 기울이며 바깥주인을 보고 이런 말을 하였다.

"안주가 마른 것뿐인데……."

하고, 안주인이 문어 가리를 들고 나왔다.

"문어 가리면 됐지, 머……."

억쇠는 문어 가리를 꾸려서 조끼 주머니에 넣은 뒤 소주 두르미(큰 병)를 메고 득보의 뒤를 쫓았다.

막걸리 먹은 다음에 소주를 걸친 때문인지, 옛날 처음으로 장가란 것을 가던 때처럼 가슴이 다 설레며 걸음이 흥청거렸다.

"네놈이 내 초상 안 치르고 자빠질 줄 아나."

억쇠는 문득, 언젠가 득보가 가래와 함께 뱉어 놓던 이 말이 머리에 떠오르며 동시에, 아까 술상 위에 내어 놓던 득보의, 그 날이 시퍼렇던 단도가 생각났다.

그 한 뼘도 넘어 될 득보의 단도 날이 자기의 가슴 한복판을 푹 찔러, 이 미칠 듯이 저리고 근지러운 간과 허파를 송두리째 긁어 내어 준다면, 하는 생각과 함께 자기 자신도 모르게 몸서리를 한 번 치고, 문득 걸음을 멈추며, 고개를 들었을 때, 해는 이미 황토재 위에 설핏한데, 한 마장(오 리나 십 리가 못 되는 거리) 가량 앞에는 득보가 터덕터덕 혼자서 먼저 용냇가로 내려가고 있었다.

까치 소리

　단골 서점에서 신간을 뒤적이다 《나의 생명을 물려다오》 하는 얄팍한 책자에 눈길이 멎었다. '살인자의 수기' 라는 부제가 붙어 있었다.

　생명을 물려준다, 이것이 무슨 뜻일까, 나는 무심코 그 책자를 집어 들어 첫 장을 펼쳐 보았다. '책머리에' 라는 서문에 해당하는 글을 몇 줄 읽다가 '나도 어릴 때는 위대한 작가를 꿈꾸었지만 전쟁은 나에게 살인자라는 낙인을 찍어 주었다.' 라는 말에 왠지 가슴이 뭉클해짐을 느꼈다. 비슷한 말은 전에도 물론 얼마든지 여러 번 들어왔던 터이다. 그런데도 이날 나는 왜 그 말에 유독 그렇게 가슴이 뭉클해졌는지, 그것은 나도 잘 모를 일이다. '위대한 작가를 꿈꾸었다' 는 말에 느닷없는 공감을 발견했기 때문일까.

　나는 그 책을 사왔다. 그리하여 그날 밤, 그야말로 단숨에 독파를 한 셈이다. 그만큼 나에게는 감동적이며, 생각게 하는 바가 많았다. 특히 그 문장에 있어, 자기 말마따나 위대한 작가를 꿈꾸던 사람의 솜씨라서 그런지 문학적으로 빛나는 데가 많은 것도 사실이었다.

나는 다음에 그 수기의 내용을 소개하려 하거니와 될 수 있는 대로 그의 문학적 표현을 살리기 위하여 본문을 그대로 많이 옮기는 쪽으로 주력했음을 일러둔다. 특히 내가 재미있다고 생각한 소위 그의 문학적 표현으로서 그의 본고장인 동시, 사건의 무대가 된 마을의 전경을 이야기한 첫머리를 그대로 옮겨 보면 다음과 같다.

마을 한복판에 우물이 있고, 우물 앞뒤엔 늙은 홰나무 두 그루가 거인 같은 두 팔을 치켜든 채 마주보고 서 있었다. 몇 아름씩이나 될지 모르는 굵고 울퉁불퉁한 둥치는 동굴처럼 속이 뚫린 채, 항용(恒用:흔히 늘) 천 년으로 헤아려지는 까마득한 세월을 새까만 침묵으로 하나 가득 메우고 있었다.

밑동에 견주어 가지와 이파리는 쓸쓸했다. 둘로 벌어진 큰 가지의 하나는 중동이 부러진 채, 그 부러진 언저리엔 새로 돋은 곁가지가 떨기를 이루었으나 그것도 죽죽 위로 뻗어 오른 것이 아니라 아래로 한두 대가 잎을 달고 드리워진 것이 고작이었다.

둘 중에서 부러지지 않은 높은 가지는 거인의 어깨 위에 나부끼는 깃발과도 같이 무수한 잔가지가 이파리들을 하늘 높이 펼쳤는데, 까치들은 여기에만 둥지를 치고 있었다.

앞나무에 둘, 뒷나무에 하나, 까치 둥지는 셋이 쳐져 있었으나 까치들이 모두 몇 마리나 그 속에서 살고 있는지는 아무도 똑똑히 몰랐다. 언제부터 둥지를 치기 시작했는지도 역시 안다는 사람은 없었다. 나무와 함께 대체로 어느 까마득한 옛날부터 내려오는 것이거니 믿고 있을 뿐이었다.

……아침 까치가 울면 손님이 오고, 저녁 까치가 울면 초상이 나고…… 한다는 것도, 언제부터 전해 오는 말인지, 누구 하나 알 턱이 없었다. 그래서 그런지 아침 까치가 유난히 까작거린 날엔 손님이 잦고, 저녁 까치가 꺼적거리면 초상이 잘 나는 것이라고, 그들은 은근히 믿고 있는 편이기도 했다.

그런대로 까치는 아침저녁 울고, 또 다른 때도 울었다.

까치가 울 때마다 기침을 터뜨리는 어머니는 아주 흑흑 하며 몇 번이나 까무러치다시피 하다 겨우 숨을 돌이키면 으레 봉수(奉守)야 하고, 나의 이름을 부르곤 했다. 그것도 그냥 이름을 부르는 것이 아니라 반드시 '죽여다오'를 붙였다.

······쿨룩쿨룩쿨룩쿨룩, 쿨룩쿨룩쿨룩쿨룩, 쿨룩쿨룩, 쿨룩, 쿨룩, 쿨룩······ 이렇게 쿨룩은 연달아 네 번, 네 번, 두 번, 한 번, 한 번, 여섯 번, 그리고 또다시 세 번이고 네 번이고 두 번이고 여섯 번이고, 종잡을 수 없이 얼마든지 짖이기듯 겹쳐지고, 되풀이되곤 했다. 그 사이에 물론, 오오, 아이구, 끙, 하는 따위 신음 소리와 외침 소리를 간혹 섞기도 하지만, 얼마든지 '쿨룩'이 계속되다가는 아주 까무러치는 고비를 몇 차례나 겪고서야 겨우, 아이구 봉수야, 한다거나, 날 죽여다오를 터뜨릴 수 있는 것이다.

어머니의 기침병(천만)은 내가 군대에 가기 일 년 남짓 전부터 시작되었으니까 이때는 이미 삼 년도 넘은 고질이었던 것이다.

내 누이동생 옥란(玉蘭)의 말을 들으면, 내가 군대에 들어간 바로 그 이튿날부터 어머니는 나를 기다리기 시작했다는 것이다. 마침 아침 까치가 까작까작 울자, 어머니는 갑자기 옥란을 보고,

"옥란아, 네 오빠가 올라는가 부다."

하더라는 것이다.

"엄마도, 엊그제 군대 간 오빠가 어떻게 벌써 와요?"

하니까,

"그렇지만 까치가 울잖았나?"

하더라는 것이다.

이렇게 처음엔 아침 까치가 울 때마다 얘가 혹시 돌아오지 않나 하고 야릇한 신경을 쓰던 어머니는 그렇게 한 반년쯤 지난 뒤부터, 그것(야릇한 신경을 쓰는 일)이 기침으로 번져지기 시작했다는 것이다.

'반년쯤 지난 뒤부터'라고 했지만, 그 시기는 물론 확실치 않다. 옥란의 말을 들으면 그전에도 몇 번이나 그런 일이 있었다고 한다. 몇 달이 지나도록 편지도 한 장 없는 채 아침 까치는 곧장 울고 하니까, 그럴 때마다 어머니의 눈길엔 야릇한 광채가 어리곤 하더니, 그것이 차츰 기침으로 번지기 시작하더라는 것이다. 첨에는 가끔 그렇더니 날이 갈수록 점점 더 심해져서, 한 일 년 남짓 되니까, 거의 예외 없이 홰나무에서 까작까작 하기만 하면 방에서는 쿨룩쿨룩이 터뜨려지게 마련이었다는 것이다. (처음은 아침 까치 소리에 시작되었으나 나중은 때의 아랑곳이 없어졌다.)

그러나 이런 것은 누구나 이해할 수도 있는 일이라고 나는 생각한다. 아들을 몹시 기다리는 병(천만)든 어머니가 아침 까치가 울 때마다 손님 아닌 아들이 온다는 기대를 걸어 보다간 실망이 거듭되자 기침을 터뜨리고(그렇지 않아도 자칫하면 터뜨려지게 마련인), 그것이 차츰 습관성으로 발전하게 되었다는 것은 얼마든지 있을 수도 있는 얘길 테니까 말이다.

그렇게 해서 터뜨려진 질기고 모진 기침 끝에 아들의 이름을 부르고 또 '날 죽여다오'를 덧붙였대서 그 또한 이해하기 힘든 일도 아니었다. 어머니는 전에도, 그렇게 까무러칠 듯이 짓이겨지는 모진 기침 끝엔 '오오, 하느님!' '사람 살려주!' 따위를 부르짖은 일이 있었던 것이다. '오오 하느님!' '사람 살려주!'가 '아이구, 봉수야!' '날 죽여다오!'로 바뀌졌을 뿐인 것이다. 살려 달란 말과 죽여 달란 말은 정반대라고 하겠지만 어머니의 경우는 그렇지도 않았다. 오히려 비슷한 말이라고 보는 편이 가까울 것이다. '죽여다오'는 '살려다오'보다 좀 더 고통이 절망적으로 발전되었음을 나타내는 것이 아닐까, 나는 그렇게 생각했다.

따라서 나는 군대에서 돌아와, 처음 얼마 동안은 어머니의 입에서 이 말을 들을 때마다 견딜 수 없는 설움과 울분을 누를 길 없어 나도 모르게 사지를 부르르 떨곤 했었다.

'아아, 오죽이나 숨이 답답하고 괴로우면 저러랴, 얼마나 지겹게 아들이 보고 싶고 외로웠으면 저러랴.'

나는 그럴 때마다 어머니가 측은하고 불쌍해서 그냥 목을 놓고 울고만 싶었던 것이다.

그러면서도 나에게는 어머니를 치료해 드리거나 위로해 드릴 수 있는 어떠한 힘도 재간도 없었다. 그럴수록 어머니가 겪는 무서운 고통은 오로지 나의 책임이거니 하는 생각만 절실했을 뿐이다.

그리고 이러한 나의 심경도 누구에게나 대체로 이해될 수 있으리라고 믿는다.

그런데 다른 사람은 고사하고 나 자신마저 잘 이해할 수 없는 일이 이에 곁들여 생긴 것이다. 그것을 한마디로 말하면 나의 심경의 변화라고나 할까. 나는 어느덧 그러한 어머니를 죽여 주고 싶은 충동 같은 것을 느끼기 시작한 것이다. 어머니가 '아이구, 봉수야, 날 죽여다오!' 하고 부르짖는 것은, '오오, 하느님, 사람 살려주!' 하던 것의 역표현(逆表現)이라기보다도 진한 표현 같은 것에 지나지 않는다는 것은 위에서도 말한 대로다. 나는 그것을 충분히 이해하고 있었던 것이다. 그럼에도 불구하고 나는 왜 그러한 어머니에게 죽여 주고 싶은 충동을 느끼게 되었을까.

그것도 어쩌다 한 번 그런 일이 있었다는 얘기가 아니다. 처음 한 번 그런 일이 있고 나서는 그 뒤부터 줄곧 그렇게 돼 버린 것이다. 까치가 까작까작까작 하면, 어머니는 쿨룩쿨룩쿨룩을 터뜨리는 것이요, 그와 동시 나의 눈에는 야릇한 광채가 어리기 시작하는 것이다. (옥란의 말을 빌리면, 옛날 어머니가 까치 소리와 함께 기침을 터뜨리려고 할 때, 그녀의 두 눈에 비치던 것과도 같은 그 야릇한 광채라는 것이다.) 어머니가 목에 걸린 가래를 떼지 못하여

쿨룩쿨룩쿨룩을 수없이 거듭하다 아주 까무러치다시피 될 때마다 나는 그녀의 꺼풀뿐인 듯한 목을 눌러 주고 싶은 충동에 몸이 부르르 떨리곤 했다.

그것은 처음 며칠 동안이 가장 강렬했던 것같이 기억된다. 더 정확하게 말할 수 있다면 내가 그것을 경험하기 시작한 지 사흘째 되던 날에서 이삼 일간이었다고 믿어진다. 나는 그 무서운 충동을 누르지 못하여, 사흘째 되던 날은, 마침 곁에 있던 물사발을 들어 방바닥에 메어쳤고, 나흘째 되던 날은, 껙껙거리며 고꾸라지는 어머니를 향해 막 덤벼들려는 순간, 밖에 있던 옥란이 낌새를 채고 뛰어와 내 머리 위에 엎어짐으로써 중지되었고, 닷새째 되던 날은, 마침 설거지를 하는 체하고 방문 앞에 대기하고 있던 옥란이 까치 소리를 듣자 이내 방으로 뛰어들어 왔기 때문에 나는 겨우 단념을 했던 것이다. 그런데도 역시 어머니의 까무러치는 꼴을 보는 순간, 나는 갑자기 이성을 잃은 듯, 나와 어머니 사이를 가로막다시피 하고 있는 옥란을 힘껏 떼밀어서 어머니 위에다 넘어뜨리고는 발길로 방문을 냅다 지르며 밖으로 뛰쳐나갔던 것이다.

그 며칠 동안이 가장 고비였던 모양으로, 그 뒤부터는 어머니의 기침이 터뜨려지는 것을 보기만 하면, 나는 그녀의 '봉수야, 날 죽여다오.'를 기다리지 않고 미리(그때는 대개 옥란이 이미 나와

어머니 사이를 가로막듯 하고 나타나 있게 마련이기도 했지만) 방문을 박차고 밖으로 나와 버릴 수 있었다.

이렇게 내가 미리 자리를 피할 수만 있다면 다행이나 그렇지 못할 경우도 얼마든지 생각할 수 있었다. 여기서 먼저 우리 집 구조를 한마디 소개하자면, 부끄러운 얘기지만, 세 평 남짓 되는(그러니까 꽤 넓은 편이긴 한) 방 하나에 부엌과 헛간이 양쪽으로 각각 붙어 있을 뿐이었다. 따라서 우리 세 식구는 먹고 자고 하는 일에 방 하나를 같이 써야 하게 되어 있었다. 그러므로 전날 술을 좀 과히 마셨다거나 몸이 개운치 못하다거나 할 때에도 내가 과연 그렇게 까치 소리를 신호로 얼른 자리를 뜰 수 있게 될진 아무도 장담할 수 없는 일이었다.

여기다 또 한 가지 해괴한 일은 어머니의 기침이 멎어짐과 동시 나의 흥분이 갈앉으면, 나는 어느덧 조금 전에 내가 겪은 그 무서운 충동에 대하여 나 자신이 반신반의를 일으킨다는 사실이다. 나는 왜 그러한 충동에 사로잡히게 되었던가, 그것은 정말이었을까, 어쩌면 나의 환각(幻覺)이나 정신착란 같은 것이 아닐까, 적어도 나에겐 이러한 의문이 치미는 것이다.

그런대로 까치 소리와 어머니의 기침은 하루도 쉬는 날이 없었고, 그럴 때마다 나는 대개 방문을 차고 나오는 데 성공하고 있었다.

그러나 방문을 박차고 나온다고 해서 나의 흥분이 감쪽같이 사라져 버리느냐 하면 그렇지는 물론 않았다. 방문 밖에서 어머니의 까무러치는 소리를 듣는 것이 방 안에서 직접 보는 것보다도 더 견딜 수 없이 사지가 부르르 떨릴 때도 있었다. 다만 방 안에서처럼 눈앞에 어머니가 있는 것은 아니니까 당장 목을 누르려고 달려들 걱정만이 덜어질 뿐이었다.

그 대신 검둥이(우리집 개 이름)를 까닭 없이 걷어찬다던가 울타리에 붙여 세워둔 바지랑대(빨랫줄 받치는 장대)를 분질러 놓는 일이 가끔 생겼다.

어저께는 동네 안 주막에서 술을 마시다가 술잔을 떨어뜨려 깨었다. 그때 마침 술도 얼근히 돌아 있었고, 상대자에 대한 불쾌감도 곁들어 있긴 했지만, 의식적으로 술잔을 깨트릴 생각은 전혀 없었고, 또 그렇게 해서 좋을 계제도 결코 아니었던 것이다. 그런데 마침 까작까작 하는 저녁 까치 소리가 들려오자 갑자기 피가 머리로 확 올라가며 사지가 부르르 떨리더니 손에 잡고 있던 잔을 (술이 담긴 채) 철꺽 떨어뜨려 버린 것이다. 아니 떨어뜨렸다기보다도 메어쳤다고 하는 편이 옳을지 모른다. 그렇지 않고서야 마루 위에 떨어진 하얀 사기잔이 아무리 막걸리를 하나 가득 담고 있었다고는 할망정 그렇게 가운데가 짝 갈라질 수 있었겠느냐 말이다.

　지금까지 나는 나 자신의 일에 대하여 '내 자신도 잘 모르겠다.'고 몇 번이나 되풀이했지만 이것은 결코 발뺌이나 책임 회피를 위한 전제가 아니다. 그래서 나는 우선 내 자신이 어떻게 해서 어머니의 기침에 말려들게 되었는지 그 전후 경위를 있는 그대로 적어보려고 한다.

　여기서 미리 고백하거니와 나는 한 번도 어머니를 미워한 적은 없었다. 그렇다고 집에 돌아온 뒤, 날이 갈수록 어머니가 더 측은해지고 견딜 수 없이 불쌍해졌다는 것도 아니다. 다만 '봉수야 날 죽여다오.'가 처음 생각했던 것처럼 그냥 고통을 못 이겨 울부짖는 넋두리만은 아니라고 차츰 깨닫게 되었던 것은 사실이다. 그것은,

　"내가 죽고 없어야 옥란이도 시집을 가고 너도 색시를 데려오지."

하는 어머니의 (가끔 토해 놓는) 넋두리가 어쩌면 아주 언턱거리(남에게 무턱대고 억지로 떼를 쓸 만한 근거나 핑계) 없는 하소연만은 아니라고 생각하기 시작했을 때부터다. 옥란이의 말을 들으면 (내가 군에 가고 없을 때) 위뜸의 장 생원 댁에서 옥란을 며느리로 달라는 것을 옥란이 자신이 내세운 '오빠가 군에서 돌아올 때까지는' 이

라는 이유로 거절 아닌 거절을 한 셈이지만, 누구 하나 돌볼 이도 없는 병든 어머니를 혼자 두고 어떻게 시집갈 생각인들 낼 수 있었겠느냐는 것이 그녀의 실토였다. 뿐만 아니라 정순이가 나(봉수)를 기다리지 않고 상호(相浩)와 결혼해 버린 것도, 아무리 기다려봐야 너한테 돌아올 거라고는 주야로 기침만 콜록거리고 누워 있는 천만쟁이(어머니) 하나뿐이라는 그의 꼬임수에 넘어갔기 때문이라는 것이다. 상호는 내가 이미 전사를 했다면서, 그 증거로 전사 통지서라는 것까지 (가짜로 꾸며서) 정순에게 내어 보이며 강요했다는 것이다.

이것이 사실이라면 정순이는 상호의 '꼬임수'에 넘어간 것이 아니라, 바로 속임수에 넘어간 것이 된다. 다시 말하자면 '주야로 기침만 콜록거리고 누워 있는 천만쟁이'보다도 나의 전사 통지서 때문이라는 편이 옳을 테니까 말이다. 그러니까 정순이를 놓친 원인이 반드시 어머니에게 있는 것은 아니라는 말이 된다.

따라서 나도 어머니의 넋두리를 곧이곧대로 듣는 것은 아니다. 그러나 나의 그 '알 수 없는' 야릇한 흥분에 정순이가, 그리고 상호가 전혀 관련되지 않는다고 할 수도 없다.

하여간 나는 여기서 그 경위를 처음부터 얘기할 차례가 된 것 같다.

내가 군에서 (명예 제대를 하고) 돌아왔을 때—그렇다, 나는 내가 첨으로 집에 돌아왔을 때부터 얘기하는 것이 순서일 것 같다. 그러니까 내가 우리 동네에 들어서면서부터의 이야기가 된다. 그렇다, 내가 우리 동네 어귀에 들어섰을 때, 제일 먼저 내 눈에 비친 것은 저 두 그루의 늙은 홰나무였다. 저 늙은 홰나무를 바라보자 비로소 나는 내가 고향에 돌아왔다는 실감이 들었던 것이다. 저 볼 모양도 없는 시커먼 늙은 두 그루의 홰나무, 그것이 왜 그렇게도 그리웠을까. 그것이 어머니와 옥란이와 정순이에 대한 기억을 곁들이고 있었기 때문이었을까. 아니, 그것이 고향이 가진 모든 것을 상징하고 있었기 때문일까.

'오오, 늙은 홰나무여, 내 마을이여, 우리 어머니와 옥란이와 그리고 정순이도 잘 있느냐.'

나는 홰나무를 바라보며 느닷없는 감회에 잠긴 채 시인 같은 영탄을 맘속으로 외치며 동네 가운데로 들어섰던 것이다.

나는 지금 '어머니와 옥란이와 그리고 정순이' 라고 했지만 사실은 정순이와 어머니와 옥란이라고 차례를 바꾸고 싶은 것이 나의 솔직한 심정이었을지도 모른다. 왜 그러냐 하면, 내가 그렇게 살아서 고향으로 돌아올 수 있은 것은 오로지 정순이에 대한 그리움 하나 때문이라고 해도 좋았기 때문이었다. 이렇게 말하면 나는 돌아가신 아버지와 병들어 누워 있는 어머니에 대한 불효자요, 가련한 누이동생에 대한 배신자같이도 들릴지 모르지만, 나로 하여금 그 마련된 죽음에서 탈출케 한 것은 정순이라는 사실을 나는 의심할 수 없는 것이다.

그러나 그 '마련된 죽음'과 거기서의 '탈출' 이야기는 다음으로 미루자.

하여간 나는, 나를 구세주와도 같이 기다리고 있는 어머니와 누이동생들 앞에 나타났다.

내가 동네 복판의 홰나무 밑의 우물가로 돌아왔을 때, 우물 앞에서 보리쌀을 씻고 있던 옥란이가 먼저 나를 발견하고, 처음 한참 동안은 정신 나간 사람처럼 멀거니 나를 바라보고 있더니 다음 순간, 그녀는 부끄럼도 잊은 듯한 큰소리로 '오빠'를 부르며 달려와 내 품에 얼굴을 묻으며 흐느껴 울었던 것이다. 일 년 반 동안에 완전히 처녀가 된, 그리고 놀라리만큼 아름다워진 그녀를 나는 거의 무감각한 사람처럼 물끄러미 내려다보고 서 있었다. 어쩌면 이다지도 깨끗한 처녀가 거지꼴이 완연한 초라한 군복 차림의 나를 조그마한 거리낌도 꾸밈도 없이 마구 쏟아지는 눈물로써 이렇게 반겨 준단 말인가. 동기! 아, 그렇다. 그녀는 나의 누이동생이었던 것이다. 나는 그때같이 옥란의 행복을 빌어 주고 싶은 강렬한 충

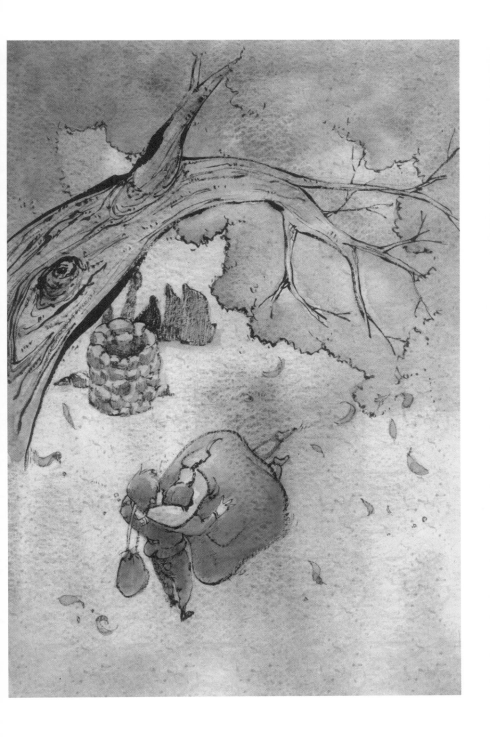

동을 느껴 본 적은 일찍이 없었다.

나는 옥란을 따라 집 안에 들어섰다. 휑뎅그렁하게 비어 있는 뜰! 처음부터 무슨 곡식 가마라도 포개져 있으리라고 예상했던 것은 아니지만, 나는 이때같이 우리 집의 가난에 오한을 느껴 본 적도 없었다.

"엄마, 오빠야!"

옥란은 자랑스럽게 방문을 열었다

어머니는 놀란 듯이 자리에서 상체를 일으켰다. 주름살과 꺼풀뿐인 얼굴은 두 눈만 살아 있는 듯, 야릇한 광채를 내며 나를 쏘아보았다. 그러나 기침이 터뜨려질 것을 저어하는 듯, 입은 반쯤 열린 채 말도 없이, 한쪽 손을 가슴에 갖다 대고 있었다.

"어머니!"

나는 군대 백(카키빛의)을 방구석에 밀쳐 둔 채, 무릎을 꿇고 절을 했다.

그동안 어떻게 지냈냐든가, 기침병이 좀 어떠냐든가, 하는 따위 인사말도 나는 물어 보고 싶지 않았던 것이다. 눈에 뻔히 보이지 않느냐 말이다. 병과 가난과 고독과 절망에 지질린 몰골!

"구, 군대선 어땠냐? 배는 많이 고, 곯잖았냐?"

어머니는 가래가 걸려서 그르렁거리는 목소리로 띄엄띄엄 이렇게 물었다.

그러나 나는 그녀의 묻는 말엔 아무런 대꾸도 없이, 성이 난 듯한 뚱한 얼굴로 맞은편 바람벽만 멀거니 건너다보고 있었다.

'나는 어머니에게 무엇을 가지고 돌아왔단 말이냐. 어머니가 낳아서 길러 준 온전한 육신을 그대로 가지고 왔단 말이냐. 그녀의 병을 치료할 만한 돈이라도 품에 넣고 왔단 말이냐. 하다못해 옥란이를 잠깐 기쁘게 해줄 만한 무색 고무신이나마 한 켤레 넣고 왔단 말인가. 그녀들은 모르는 것이다. 내가 그녀들을 위해서 돌아오지 않았다는 것을. 내가 정순이를 위해서, 아니, 정순이와 나의 사랑을 위해서, 군대를 속이고, 국가를 배신하고, 나의 목숨을 소매치기해서 돌아왔다는 것을 그녀들이 알 리 없는 것이다.'

"엄마, 또 기침 날라, 자리에 누우세요."

옥란이는 어머니의 상반신을 안다시피 하여 자리에 눕혔다.

"오빠도 오느라고 고단할 텐데 잠깐 누워요. 내가 곧 밥 지어 올게."

옥란은 나를 돌아다보며 이렇게 말할 때도, 방구석에 밀쳐 둔 군대 백엔 굳이 외면을 하는 듯했다. 그것은 역시 너무 지나친 기대를 그 백 속에 걸고 있기 때문일 것이라고 나에게는 헤아려졌다.

나는 백을 끄르기로 했다. 옥란이로 하여금 너무 긴 시간, 거기다 기대를 걸어 두게 하기가 미안했기 때문이었다.

"이건 내가 쓰던 담요와 군복."

나는 백을 열고, 담요와 헌 군복을 끄집어내었다. 그러고는 내복도 한 벌, 그러자 백은 이내 배가 홀쭉해져 버렸다. 남은 것은 레이션(ration:미군의 휴대용 건조 식량) 상자에서 얻어진(남겨두었던) 초콜릿 두 갑, 껌 두 통, 건빵과 통조림이 두세 개씩, 그리고 병원에서 나올 때 동료에게서 선사받은 카키빛 장갑(미군용)이 한 켤레였다. 나는 이런 것을 방바닥 위에다 쏟아 놓았다.

그러나 백 속에는 아직도 한 가지 남아 있었다. 그것은 포장지에 싸여 있었다. 나는 그것만은 옥란에게도 끌러 보이지 않았다. 그 속에 든 것은 여자용 빨간빛 스웨터요, 내가 군색한 여비 중에서 떼내어 손수 산 것은 이것 하나뿐이란 말은 물론 하지 않았다. 뿐만 아니라 나는 방바닥에 쏟아놓았던 물건 중에서도 초콜릿 한 갑과 껌 한 통을 도로 백 속에 집어넣으며,

"이것뿐야. 통조림은 따서 어머니께 드리고 너도 먹어봐. 그리고 이것 모두 너한테 소용되는 거면 다 가져."

"……."

옥란은 처음부터 말없이 내 얼굴만 가만히 바라보고 있었다. 그것은 나를 원망하는 눈이기보다는 무엇에 겁을 집어먹은 듯한 표

정이었다.

"아무것도 없지만…… 넌 나를 이해해 주겠지?"

"아냐, 오빠, 난 괜찮지만……."

옥란은 무슨 말을 하려다 말고 끝도 맺지 않은 채 방문을 열고 나가 버렸다.

'역시 토라진 거로구나. 정순이한테만 무언지 굉장히 좋은 걸 준다고 불평이겠지. 그래서 난 괜찮지만 어머니까지 무시하고 정순이만 생각하기냐 하는 속이겠지.'

나는 방바닥에 쏟아 놓은 물건들을 어머니 앞으로 밀쳐 두고, 접어진 담요(백에서 끄집어낸)를 배개하여 허리를 펴고 누웠다. 그녀가 섭섭해하는 것도 무리가 아니지만, 나로서도 하는 수 없는 일이었다고 체념할 수밖에 없었다.

점심 겸 저녁으로, 해가 설핏할 때 '식사'를 마치자 나는 종이로 싼 것(스웨터)과 초콜릿을 양복 주머니에 넣고 밖으로 나왔다.

"오빠, 잠깐."

부엌에서 설거지를 하고 있던 옥란이 나를 불러 세웠다.

"정순 언닌……."

옥란은 이렇게 말을 시작해 놓고는 얼른 뒤를 잇지 못했다.

순간, 나는 어떤 불길한 예감이 확 들었다. 그것도 내가 집에 돌아온 지 꽤 여러 시간 되는 동안 그녀의 입에서 한 번도 정순이 얘기가 나오지 않고 있었기 때문인지도 몰랐다.

"……?"

"결혼했어."

"뭐? 뭐라고?"

당장 상대자를 집어삼킬 듯한 나의 험악한 표정에, 옥란은 질린 듯 한참 동안 말문이 막힌 채 망설이고 있더니 어차피 맞을 매라고 결심을 했는지,

"숙이 오빠하구……."

드디어 끝을 맺는다.

"뭐? 숙이라고? 상호 말이냐?"

"……."

옥란은 두 눈을 크게 뜬 채 나의 얼굴을 똑바로 지켜보며, 고개를 한 번 끄덕인다.

"그렇지만 정순이 어떻게……."

나는 무슨 말인지 나 자신도 모르게 이렇게 중얼거리다 입을 닫아 버렸다.

옥란이 안타까운 듯이 다시 입을 열었다.

"숙이 오빠가 속였대. 오빠가 죽었다고……."

"뭐? 내가 주, 죽었다고?"

나는 떨리는 목소리로 이렇게 다짐해 물으면서도 일방, 아아, 그렇지, 그건 어쩌면 정말일 수도 있었다. 이렇게 속으로 자기 자신을 조롱하고 싶은 충동을 느끼기도 했다.

"오빠가 전사를 했다고, 무슨 통지서래나 그런 것까지 갖다 뵈더래나."

옥란도 이미 분을 참지 못하는 목소리였다.

순간, 나는 눈앞이 팽그르르 돌아감을 느꼈다. 그때 만약 상호가 내 앞에 있었다면 나는 틀림없이, 당장에 달려들어 그의 목을 졸라 죽였을 것이다. 다음 순간, 나는 어디로 누구를 찾아간다는 의식도 없이 삽짝(사립짝. 나뭇가지를 엮어서 만든 문짝) 쪽으로 부리나케 뛰어나갔다. 그러자 삽짝 앞 좁은 골목에서 큰 골목(홰나무가 있는)으로 접어들자 나는 갑자기 발길을 우뚝 멈추고 섰다. 그와 거의 동시, 누가 내 팔을 잡았다. 옥란이었다. 그녀는 나의 뒤를 따라오고 있었던 모양이었다.

"오빠, 들어가."

그녀는 내 팔을 가볍게 끌었다.

나는 흡사 넋 나간 몸뚱어리뿐인 듯한 나 자신을 그녀에게 맡기

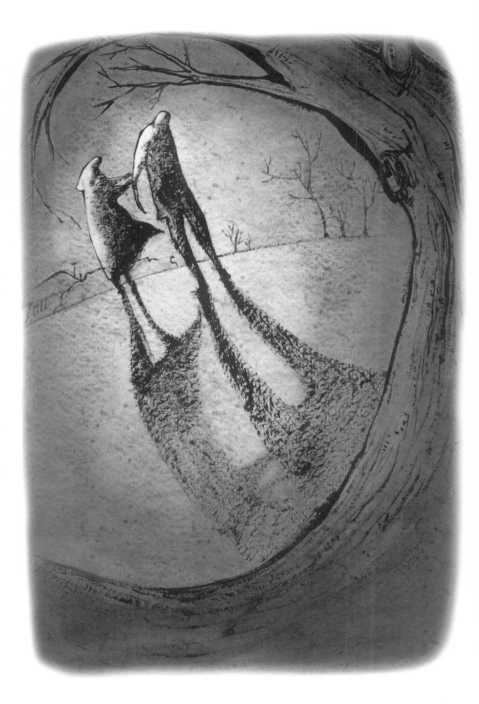

다시피 하며 그녀가 끄는 대로 집을 향해 돌아섰다. 돌아서지 않으면 어쩐단 말인가. 내가 그녀를 뿌리칠 수 있다면 그것은 무슨 이유와 목적에서일까. 그렇다, 나에게는 그녀의 손길을 뿌리칠 수 있는 아무런 이유도 목적도 없었다. 내가 없어진 거와 마찬가지였다. '내'가 있었다면 나는 무엇을 생각하고 무엇을 행동했을까. 그랬을 것이다. 그렇다. '내'가 없었기 때문에 나는 나를 가련한 옥란에게 맡길 수밖에 없었던 것이다.

나는 옥란이 시키는 대로 방에 들어와 누웠다. 아랫목 쪽에는 어머니가, 윗목 쪽에는 내가, 이렇게 우리는 각각 벽을 향해 돌아누워 있었다. 나는 흡사 잠이나 청하는 사람처럼 눈까지 감고 있었지만, 물론 잠 같은 것이 올 리 만무했다.

해가 지고 어스름이 짙어지고, 바람이 좀 불기 시작했다. 설거지를 마친 옥란이 물을 두어 번 길어 왔고……. 나는 눈을 감고 벽을 향해 누운 채 이런 것을 모두 알고 있었다.

저녁 까치가 까작까작까작까작 울어왔다. 어머니가 자리에서 몸을 일으키며 기침을 터뜨리기 시작했다. 나는 물론 그때만 해도 까치 소리는 까치 소리대로 홰나무 위에서 나고 어머니의 기침은 기침대로 방 안에서 터뜨려졌을 뿐이요, 때를 같이(전후)한대서 양자 사이에 무슨 관련이 있다고는 전혀 상상도 할 수 없었던 것이다.

　나는 어머니의 그 길고도 모진 기침이 끝날 때까지 그냥 벽을 향해 누운 채, '오오, 하느님!' '봉수야, 날 죽여 다오!' 하는 소리까지 다 들은 뒤에야 자리에서 몸을 일으켰다. 그러나 어머니의 등을 쓸어준다거나 위로의 말 한마디를 건네보지도 못한 채 그냥 방문을 밀고 밖으로 나왔다.

　밖은 완전히 어두워져 있었다. 집 앞의 가죽나무 위엔 별까지 파랗게 돋아나 있었다.

　내가 막 삽짝 밖을 나왔을 때였다. 담장 앞에서 다른 동무와 무엇을 소곤거리고 있던 옥란이 또 나를 불러 세웠다.

　"오빠, 어딜 가?"

　"……."

　나는 그냥 고개만 위로 꺼떡 젖혀 보였다.

　그러자 옥란은 내 속을 알아채었는지 어쩐지,

　"얘가 영숙이야."

하고 자기 앞에 서 있는 처녀를 턱으로 가리켰다.

　'영숙이가 누구더라?'

하는 생각이 내 머릿속을 잠깐 스쳐갔을 뿐, 나는 거의 아무런 관심도 없이 그냥 발길을 돌리려 했다. 그러나 이와 거의 같은 순간에, 영숙이 나를 향해 몸을 돌리며 머리를 푹 수그려 공손스레 절을 하지 않는가. 날씬한 허리에 갸름한 얼굴에, 옥란이보다도 두어 살 아래일 듯한 소녀였다.

'쟤가 누구더라?'

나는 또 한 번 이런 생각을 하며, 역시 입은 열지도 않은 채 그냥 발길을 돌리려 하는데,

"오빠 아직 면에서 안 돌아왔어요."

하는 소녀의 목소리였다.

순간, 나는 이 소녀가 바로 상호의 누이동생이란 것을 깨달았다.

'내가 군에 갈 때만 해도 나를 몹시 따르던, 달걀같이 매끈하고 갸름하게 생긴 영숙이. 지금은 고등학교 이삼 학년쯤 다니겠지.'

나는 이런 생각을 하며 소녀를 한참 바라보고 섰다가 역시 그냥 발길을 돌리고 말았다.

"오빠, 영숙이한테 얘기해 줄 거 없어?"

'그렇다, 달걀같이 뽀얗고 갸름하게 생긴 소녀. 그녀는 정순이나 옥란이를 그때부터 언니 언니하고 지냈지만, 그보다도 나를 덮어놓고 따르던, 상호네 식구답지 않던 애. 그리고 지금도, 내가 군에서 돌아왔단 말을 듣고 기쁨을 못 이겨 찾아왔겠지만, 그러나 나는 무슨 말을 그녀에게 할 수 있단 말인가?'

나는 그냥 돌아서 버리려다,

"오빠 들옴 나 좀 만나잔다고 전해 주겠어?"

겨우 이렇게 인사 땜을 했다.

"그러잖아도 올 거예요."

영숙의 목소리는 조용하고 맑았다.

나는 '부엉뜸'으로 발길을 돌렸다. 옥란의 말을 의심하는 것은 아니지만, 정순이 친정 사람들의 얘기를 직접 한 번 들어보고자 했던 것이다.

정순이네 친정 사람들이라고 하면 물론 그 어머니와 오빠다. (아버지는 일찍이 죽고 없었다.) 그리고 오빠래야 정순이와는 나이 차가 많아서 거의 아버지같이 보였다.

나와 정순이는 약혼한 사이와 같이 되어 있었지만(우리 고장에 서는 약혼식이란 것이 거의 없이 바로 결혼식을 가지기로 되어 있었다.), 나는 그를 형님이라고 부르지 않고 언제나 윤이 아버지라고 만 불렀다.

윤이 아버지는 이날도 나를 반갑게 맞아 주었으나 면구해서 그 런지 정순이 말은 입 밖에 내비치지도 않은 채, 전쟁 이야기만 느 닷없이 물어 대었다.

나는 통 내키지 않는 얘기를 한두 마디씩 마지못해 대꾸하며 그

가 따라 주는 막걸리를 두 잔째 들이켜고 나서,

"근데 정순이는 어떻게 된 겁니까?"

이렇게 딱 잘라 물었다.

"그러니까 말일세."

그는 밑도 끝도 없는 말을 대답이랍시고 이렇게 한마디 던져놓고는,

"자, 술이나 들게."

내 잔에다 다시 막걸리를 따라 주었다.

"자네도 알다시피 내야 어디 술을 좋아하는가? 이런 거 한두 잔이면 고작이지. 그런 걸 자네 대접한다고 이게 벌써 몇 잔째야? 자, 어서 들게. 자넨 멀쩡한데 나 먼저 취하면 되겠나?"

'정순이 일이 어떻게 된 거냐고 묻는데 웬 술 이야기가 이렇게 길단 말인가.'

나는 또 한 번 같은 말을 되풀이해 물으려다 간신히 참고, 그 대신, 그가 따라 놓은 술잔을 들어 한숨에 내었다.

"자네야 동네가 다 아는 수재 아닌가? 지금이라도 서울만 가면 일등 대학에 돈 한 푼 내지 않고 공부시켜 주는, 거 뭐라더라? 장학상이라던가? 그거 돼서 집에다 도루 돈 부쳐 보내가며 공부할 거 아닌가? 머리 좋고 인물 좋겠다, 군수 하나쯤은 떼논 당상이

지. 대통령이 부럽겠나, 장관이 부럽겠나. 그까진 시골 처녀 하나가 문젠가? 자네 같은 사람한테 딸 안 주고 누구 주겠나, 응? 우리 정순이 같은 게 문젠가? 그보다 몇 곱절 으리으리한 서울 처녀들이 자네한테 시집오고 싶어서 목을 매달 겐데…… 그렇잖나? 내 말이 틀렸는가?"

나는 그의 느닷없이 지루하기만 한 말을 더 듣고 있을 수가 없어,

"그런데 정순이는 어떻게 된 겁니까?"

먼저와 같은 질문을 다시 한 번 되풀이할 수밖에 없었다.

"정순이는 상호한테 갔지. 갔어. 상호 같은 자야 정순이한테나 어울리지. 그렇잖나? 자네는 다르지. 자네야 그때부터 이 고을 어떤 처녀든지 골라잡을 만치 머리 좋고, 인물 좋고, 행실 착하고…… 유명한 사람이 아닌가?"

"그게 아니잖아요?"

나는 상반신을 부르르 떨며 겨우 이렇게 항의를 했다.

내 목소리가 여느 때와 다른 것을 깨달았는지 그도 이번엔 말을 그치고, 나를 잠깐 바라보고 있더니 다시 말을 이었다.

"사실 자네가 전사를 했다기에 그렇게 된 걸세. 지나간 일 가지고 자꾸 말하믄 무슨 소용 있겠는가. 참게, 자네가 이렇게 살아 올

줄 알았으면야……. 다 팔자라고 생각하게."

"그렇지만 정순이가 그렇게 쉽사리 속아 넘어가진 않았을 텐
데……."

"여부가 있나. 정순이야 끝까지 버텼지만 상호가 재주껏 했겠
지. 나도 권했고……. 헐 수 있나? 하루바삐 잊어버리는 편이 차
라리 날 줄 알았지. 저도 그렇게 알구 간 거고……."

"알겠습니다."

나는 곧 자리에서 일어나 버렸다.

윤이 아버지는 깜짝 놀란 듯이 따라 일어나며,

"이 사람아, 그러지 말고 좀 앉게. 천천히 술이라도 들며 얘기
라도 더 나누다 가세."

나는 그의 간곡한 만류도 듣지 않고 그대로 돌아오고 말았다.

상호는 출장을 핑계로, 내가 돌아온 지 일주일이 되도록 나타나
지 않았다. 직접 그의 집으로 찾아가면 출장을 가서 돌아오지 않
았다는 것이나, 주막에 나가 알아보니, 면(사무소)에서는 만난 사
람이 있다는 것이었다. 그렇다고 내가 직접 면으로 찾아가서 그의
출장 여부를 알아보기도 난처한 점이 많았다.

그러자 그가 출장을 간 것이 아니라, 면에는 출근을 하되 자기

집으로 돌아오질 않고 읍내에 있는 그의 고모집에 묵고 있으면서 어쩌다 밤중에나 몰래 (집엘) 다녀가곤 한다는 소문이 들려왔다. 그 무렵 나는 그를 만나기 위하여 동구에 있는 주막에 늘 나가 있었기 때문에 여러 가지 정보를 들을 수 있었던 것이다.

하루는 내가 주막 앞에 앉아 장기를 두고 있는데 저쪽에서 상호가 자전거를 타고 오는 것이 보였다. (그것도 당장 그렇게 알아본 것이 아니고, 술꾼 하나가 저게 상호 아닌가 하고 귀띔을 해줘서 돌아다보니 바로 그였던 것이다.)

나는 장기를 놓고 길 가운데 나가 섰다. 그가 혹시 모른 체하고 자전거를 달려 주막 앞을 지나쳐 버리지나 않을까 해서였다.

나는 길 가운데 버텨 선 채 잠자코 손을 들었다.

그도 이날은 각오를 했는지 순순히 자전거에서 내리며,

"아, 이거 누구야, 봉수 아닌가?"

꽤나 반가운 듯이 큰 소리로 말을 건네며 내 손까지 덥석 잡았다.

'나야, 봉수야.'

나는 그러나 입 밖에 내어 대답하진 않았다.

"언제 왔어?"

'정말로 출장을 갔다 지금 돌아오는 길인가?'

이것도 물론 입 밖에 내어 물은 것은 아니다.

"하여간 반갑네. 자, 들어가지, 들어가 막걸리나 한잔 같이 드세."

그는 자전거를 세우고 술청으로 올라서자 주인(주모)을 보고 술상을 부탁했다.

나는 그의 대접을 받고 싶진 않았지만, 그런 건 아무려나 중요한 문제가 아니라고 생각하고 일단 그가 하는 대로 내버려두고 보기로 했다.

주막에 있던 사람들이 모두 우리에게 시선을 쏟았다. 그것은 그들이 우리의 관계를 알고 있기 때문인 듯했다. 따라서 나는 될 수 있는 대로 내 자신을 달래며, 흥분하지 않으리라 결심했다.

"자, 들게. 이렇게 보니 무어라고 할 말이 없네."

상호는 나에게 술을 권하며 이렇게 말을 건넸다.

'할 말이 없네.'—이 말을 나는 어떻게 들어야 할까. 이것은 미안하단 말일까, 그렇지 않으면 뭐라고 말할 수도 없이 반갑단 뜻일까. 물론 반가울 리야 없겠지만, 옛 친구니까 반가운 체할 수도 있을 것이다.

나는 그가 권하는 대로 잠자코 술잔을 들었다. 물론 맘속으로 좀 꺼림칙하긴 했으나 그것과는 전혀 별문제란 생각에서 일단 술을 들 수밖에 없었던 것이다.

얼마나 고생을 했는가, 주로 어느 전선에서 싸웠는가, 중공군의 인해전술이란 실지로 어떤 것인가, 이북군의 사기는 어떤가, 식사 같은 건 들리는 말같이 비참하지 않던가, 미군들의 전의(戰意)는 어느 정도인가, 그들은 결국 우리를 포기하지 않을 것인가…… 그의 질문은 쉴 새 없이 계속되었으나 나는 그저 글쎄, 아냐, 잘 모르겠어, 잊어버렸어, 그저 그렇지, 따위로 응수를 했을 뿐이다. 나는 그가 돈을 쓰고 징병을 기피했다고 이미 듣고 있었기 때문에 그와 더불어 전쟁 얘기를 하기는 더구나 싫었던 것이다.

그러는 중에서도 술잔은 부지런히 비워 냈다. 나도 그동안 군에서 워낙 험하게 지냈기 때문에 막걸리쯤은 여간 마셔야 낭패 볼 정도론 취할 것 같지 않았지만, 상호도 면에 다니면서 제 말마따나 는 게 술뿐인지, 막걸리엔 꽤 익숙해 보였다.

"그동안 주소만 알았대도 위문편지라도 보냈을 겐데, 참 미안하게 됐어."

'그렇다, 주소를 몰랐다는 것은 정말일 것이다. 내가 소속된 부대는 한군데 오래 주둔해 있지 않고 늘 이동했으니까 말이다. 그러나 위문편지가 문제란 말이냐.'

나는 이런 말을 혼자 속으로 삭이며 또 잔을 내었다.

내가 속으로 무엇을 생각하고 있는지를 전혀 알 리 없는 그는 다시 말을 계속했다.

"영숙이가 말야, 자네 기억하지, 우리 영숙이 말야, 정말 그게 벌써 고 삼이야. 자네한테 위문편질 보내겠다고 나더러 주술 가르쳐 달라지 뭐야. 헌데 나도 모르니까 옥란이한테 가서 물어 오라고 했더니, 옥란이 언니도 모른다더라고 여간 안타까워하지 않데."

'그렇지, 영숙인 물론 너보다 나은 아이다. 그러나 영숙이가 무슨 관계냐 말이다. 영숙이보다 몇 곱절 관계가 깊은 정순이 문제는 덮어 놓고 왜 영숙이는 끄집어내냐 말이다.'

나는 또 술잔을 내면서, 이제 이쯤 됐으니 내 쪽에서 말을 끌어낼 수밖에 없다고 생각했다.

"정순이 말일세, 어떻게 된 건지 간단히 말해 줄 수 없겠는가?"

나는 두 눈을 크게 뜨고 그를 정면으로 바라보며, 그러나, 한껏 부드러운 목소리로 이렇게 입을 떼었다.

상호는 들고 있던 술잔을 상 위에도로 놓으며 고개를 푹 수그렸다. 그러고는 짧게 한숨을 한 벗 짓고 나더니,

"여러 말 할 게 있는가. 내가 죽일 놈이지. 용서하게."

뜻밖에도 순순히 나왔다. 이럴 때야말로 술이 참 좋은 음식이란 생각이 들었다. 그와 나는 한동네에서 같이 자랐으며, 초등학교에

서 고등학교까지 동창이었기 때문에 우리는 서로 상대자의 성격이나 사람됨을 잘 알고 있는 편이다. 그는 나보다 가정적으로 훨씬 유여했지만 워낙 공부가 싫어서 고등학교까지를 간신히 마치자 면 서기가 되었고, 나는 그와 반대로 줄곧 우등에다 장학금으로 대학까지 갈 수 있게 되어 있었지만, 내가 그에게 친구로서의 신의를 잃은 일은 없었고, 또 그가 여간 잘못했을 때라도 솔직하게 용서를 빌면 언제나 양보를 해주곤 했던 것이다. 이러한 과거의 우정과 나의 성격을 알고 있는 그는 정순이 문제도 이렇게 해서 용서를 빌면 내가 전과 같이 양해를 할 것이라고 딴은 믿고 있는 겐지 몰랐다. 그러나 이것만은 문제가 달랐다.

"자네가 그렇게 나오니 나도 더 여러 말을 하지 않겠네. 그러나 이것은 자네의 처사를 승인한다거나 양해를 한다는 뜻이 아닐세. 그건 그렇다 하고, 나도 내 태도를 결정하기 위해서 자네하고 상의할 일이 있어 그러네."

"……?"

그는 내 말뜻을 잘 이해할 수 없다는 듯이 고개를 들어 내 얼굴을 유심히 바라보았다.

나는 다시 말을 이었다.

"간단히 말할게. 정순이를 한번 만나봐야 되겠어. 이에 대해서 자네의 협력을 구하는 걸세."

나는 말을 마치자 불이 뿜어지는 듯한 두 눈으로 상호를 쏘아보았다.

그는 역시 나의 말뜻을 잘 알아듣지 못하는 사람처럼 멍하니 마주 바라보고 있다가 시선을 아래로 떨어뜨려 버렸다.

"……."

"대답해 주게."

내가 단호한 어조로 답변을 요구했다.

그가 겁에 질린 사람처럼 나의 눈치를 살펴 가며 천천히 고개를 들더니,

"안 된다면?"

떨리는 목소리로 물었다.

"그것은 자네 상상에 맡기겠네. 어차피 결말은 자네 자신이 보게 될 것이니까. 다만 자네를 위해서 말해 주고 싶은 것은 자네같이 안온한 일생을 보내려는 사람이라면 극단적인 행동은 피하는 것이 좋을 걸세."

"자넨 나를 협박하는 셈인가?"

상호는 갑자기 반격할 자세를 취해 보는 모양이었다.

"……."

나는 눈썹 하나 움직이지 않고 그를 한참 동안 묵묵히 바라보고 있었다. 그리하여 먼저보다도 더 부드럽고 더 낮은 목소리로 다시 입을 열기 시작했다.

"나는 지금 자네에게 어떤 형식으로든지 보복을 한다거나, 어떤 유감이나 감정 같은 것을 품어 본다거나 그런 것은 단연코 없네. 이 점은 나를 믿어 주어도 좋아."

"그렇다면……?"

"내가 정순이를 한번 만나 보겠다는 것은 자네에 대한 복수라든가 원한이라든가 그런 것과는 아무런 상관도 없는 문젤세. 아까도 말하지 않던가, '그건 그렇다 하고' 라고. 과거지사는 과거지사대로 불문에 붙이겠다는 뜻일세."

"그렇다면 꼭 정순이를 만나 봐야 할 이유도 없지 않은가?"

"내가 과거지사를 불문에 붙이겠다는 것은 자네와 정순이의 관계에 대해서 하는 말일세. 나와 정순이의 관계나 나 자신의 과거를 모조리 불문에 붙이겠다는 뜻이 아닐세. 나는 정순이와 맺은 언약이 있기 때문에 정순이가 살아 있는 한 정순이를 만나 봐야 할 의무가 있는 거야."

"그동안에 결혼을 해서, 남의 아내가 되고, 애기 엄마가 돼 있어도 말인가?"

“물론이지. 남의 아내가 돼 있든지, 남의 노예가 돼 있든지, 내가 없는 동안, 내가 모르는 사이에 생긴 일은 불문에 붙인다는 뜻일세.”

여기서 상호는 자기대로 무엇을 이해하겠다는 듯이 고개를 두어 번 주억거리고 나더니,

“자넨 너무 현실을 무시하잖아?”

이렇게 물었으나 그것은 시비조라기보다 오히려 어떤 애원 같은 것이 서려 있었다.

“현실? 그렇지, 자넨 아직, 전장엘 다녀오지 않았기 때문에 그런 말을 하고 있는 거야, 자, 보게, 이게 현실인가 아닌가?”

나는 그의 앞에 나의 바른손을 내밀었다. 식지(食指)와 장지(長指)가 뭉턱 잘라지고 없는 보기도 흉한 검붉은 손이었다.

“자네는 내가 군에 가기 전의 내 손을 기억하고 있겠지. 지금 이 손은 현실인가 꿈인가?”

“참 그렇군. 아까부터 손을 다쳤구나 생각하고 있었지만, 손가락이 둘이나 달아났군. 그래서야 어디?”

“자넨 손가락 얘길 하고 있군. 나는 현실 얘기를 하는 거야. 손가락 두 개가 어떻단 말인가? 이까진 손가락 몇 개쯤이야 아무런들 어떤가? 현실이 문제지. 그렇잖은가? 그렇다, 정순이가 이미

결혼을 한 줄 알았더면 나는 이 손을 들고 돌아오진 않았을 거야. 자넨 역시 내가 손가락을 얘기하는 줄 알고 있겠지? 그러나 그게 아니라네. 잘못 살아 돌아온 내 목숨을 얘기하고 있는 걸세. 이제 나는 내 목숨을 처리할 현실이 없다네. 그래서 정순이를 만나야 되겠다는 걸세. 이왕 이 보기 흉한 손을 들고 돌아온 이상, 정순이를 만나지 않아서는 안 되네. 빨리 대답을 해주게."

"정 그렇다면 하루만 여유를 주게. 자네도 알다시피 나 혼자 결정할 문제도 아니겠고, 우선 당사자의 의사도 들어 봐야 하겠지만, 또, 부모님들이 뭐라고 할지, 시하에 있는 몸으로서는 부모님들의 의견을 전적으로 무시할 수도 없는 문제겠고, 그렇잖은가?"

나는 상호의 대답하는 내용이나 태도가 여간 아니꼽지 않았지만 지그시 참았다. 그를 상대로 하여 싸울 시기는 아니라고 헤아려졌기 때문이었다.

"내일 이 시간까지 알려 주게, 정순이를 만날 수 있는 시간과 장소를……."

나는 씹어뱉듯이 일러 주고 자리에서 일어났다.

이튿날 저녁때 영숙이가 쪽지를 가지고 왔다.

작일(昨日)은 여러 가지로 군(君)에게 실례되는 점(點)이 많았다고 보내. 연(然)이나 군의 하해(河海)같은 마음으로 두루 용서해 주리라 신(信)하며, 금야(今夜)에는 소찬이나마 제의 집에서 군을 초대하니 만사 제폐하고 필(必)히 왕림해 주시기 복망(伏望:엎드려 웃어른의 처분 따위를 삼가 바람)하노라.

죽마고우 상호 서

내가 상호의 쪽지를 읽는 동안 툇마루에 걸터앉아 있던 영숙이 발딱 일어나며,

"오빠가 꼭 모시고 오랬어요."

새하얀 얼굴에 미소를 짓는다.

"미안하지만 좀 기다려 줘."

나는 영숙에게 이렇게 말한 뒤 옥란을 불러서 종이와 연필을 내어 오라고 했다.

자네의 초대에 응할 수 없음을 유감으로 생각하네. 어저께 말한 대로 정순이를 만날 수 있는 시간과 장소를 내일 오전 중으로 다시 연락해 주게. 만약 정순이가 원한다면, 그때 영숙이를 동반해도 무방하네.

봉수

내가 주는 쪽지를 받자 영숙은 공손스레 머리를 숙여 절을 하고 돌아갔다.

이튿날 저녁때에야 영숙이 다시 쪽지를 가지고 왔다. 오빠는 오전 중으로 전하라고 일러두고 갔지만, 자기가 학교에서 돌아온 시간이 늦기 때문에 이렇게 되었노라고, 영숙이 정말인지 꾸며댄 말인지 먼저 이렇게 변명을 늘어놓았다.

쪽지엔 역시 상호의 필치로 다음과 같이 적혀 있었다.

군의 회신(回信)은 잘 보았네. 연이나, 정순이 일간 친정에 근친 갈 기회가 도래(到來)하여 영숙이를 동반코 왕복게 할 계획이니 그리 양해하고, 그 시기는 다시 가매(家妹) 영숙을 시켜 통지할 것이니 그리 아시게.

상호 서

이틀 뒤가 일요일이었다.

영숙이 와서 언니가 친정엘 가는데 자기도 동행하게 되었노라고 옥란을 보고 넌지시 일러 주는 것이었다. 나는 그녀가 왜 나에게 직접 말하지 않고 옥란을 통해 간접적으로 알리는지를 곧 이해할 수 있었기 때문에 더 묻지 않기로 했다. 그 대신 나는 옥란에게 그녀들이 떠나는 것을 보아서 나에게 알려 주도록 부탁해 두고 오래간만에 이발소로 가서 귀밑까지 덮은 머리를 쳐냈다.

면도를 마친 뒤, 옥란의 연락을 받고 내가 '부엉뜸'으로 갔을 때는 점심때도 훨씬 지난 뒤였다.

내가 뜰에 들어서자, 장독대 앞에서 작약꽃을 만지고 있던 영숙이 먼저 나를 발견하고 알은 체를 하더니, 곧 일어나 아랫방으로 들어가 버렸다. 정순이 그 방에 있음을 알리는 모양이었다.

이윽고 방문이 열리더니, 정순이, 아, 그 어느 꿈결에서 보던 설운 연꽃 같은 얼굴을 내밀었다. 순간, 나는 그녀가 무슨 옷을 입고, 얼굴의 어디가 어떻다는 것을 전혀 의식할 수 없었다. 다만 저것이 정순이다, 저것이 아, 설운 연꽃 같은 그것이다, 하는 섬광 같은 것이 가슴을 때리며, 전신의 피가 끓어오름을 느낄 뿐이었다. 나는 그 집 식구들에 대한 인사나 예의 같은 것도 잊어버린 채 정순이가 있는 방문 앞으로 걸어갔다. 그리하여 나는 방문 앞에 한참 동안 발이 얼어붙기라도 한 것같이 우두커니 서 있었다.

정순은 곧 자리에서 일어났으나, 고개를 아래로 드리운 채 입을 열려고 하지 않았다. 영숙도 정순이를 따라 몸을 일으키긴 했으나, 요 며칠 동안 나에게 보여 주던 그 친절과 미소도 가뭇없이, 이때만은 새침한 침묵에 잠겨 있을 뿐이었다.

나는 그녀들에게서, '들어오세요.'를 기다릴 수 없다고 알자, 스스로 신발을 벗고 방으로 들어갔다.

내가 방에 들어가도, 그리하여 스스로 자리에 앉은 뒤에도, 그녀들은 더 깊이 얼굴을 수그린 채 그냥 서 있었다.

그러나 나는 실상, 그녀들이 서 있건 말건 그런 것보다는, 내 자신 갑자기 복받쳐 오르는 울음을 누르느라고 어깨를 들먹이며 고개를 아래로 곧장 수그리기에 여념이 없을 정도였다.

내가 간신히 고개를 들었을 때엔 그녀들도 어느덧 자리에 앉은 뒤였다.

'이것은 분명히 꿈이 아니다. 나는 정순이를 보았다. 아니, 지금도 정순이는 바로 내 눈앞에 앉아 있지 않은가. 그렇다. 정순이다. 정순이다. 나는 이제 후회하지 않아도 된다.'

이러한 울부짖음이 내 마음속을 지나가자 나는 비로소 이성(理性)을 돌이킬 듯했다. 나는 고개를 들었다. 그리하여 정순의 얼굴을 비로소 정면으로 바라보았다. 정순은 물론 고개를 수그리고 있었지만, 나는 그녀의 이마를 바라보는 것이라도 좋았다.

"정순이!"

내 목소리는 굳게 떨리어 나왔다.

"이것이 마지막이 될진 모르지만, 이 자리에서만이라도 옛날대

로 부르겠어. 용서해 줘요, 영숙이도."

내가 이까지 말했을 때, 나는 또 먼저와 같은 울음의 덩어리가 가슴에서 목구멍으로 치솟아 오름을 깨달았다. 나는 그것을 참느라고 이를 힘껏 악물었다. 울음의 덩어리는 목구멍을 몹시 훑으며 뜨거운 눈물이 되어 주르르 흘러내렸다. 소리를 내며 흐느껴지는 울음보다는 그것이 차라리 나았다. 나는 손수건을 내어 천천히 눈물을 훔친 뒤 다시 입을 열기 시작했다.

"내가 괴로운 것만치 정순이도 괴로울 거야. 내 이 못난 눈물을 보는 일이 말야. 그러나 내가 정순이를 만나려고 한 것은 이 추한 눈물을 보이려고 한 것이 아니야. 이건 없는 것으로 봐줘. 곧 거둬질 거야."

나는 담배를 꺼내어 불을 붙였다. 연기를 두어 모금이나 천천히 들이켜고 나서 말을 시작했다.

"하긴 이 자리에 앉아 생각하니, 내가 전선에서 생각했던 거와는 다르군. 이럴 줄 알았더면 이렇게 하지 않아도 좋았을 것을. 될 수 있는 대로 정순이를, 그리고 영숙이도 그렇겠지만, 너무 오래 괴롭히지 않기 위해서 내 애기를 간단히 할게."

나는 이렇게 허두(虛頭:말의 첫머리)를 뗀 다음 내 바른손을 그녀들 앞에 내놓았다.

"이것 봐요. 이게 내 손이야. 식지와 장지가 문질러져 나가고 없잖아. 덕택으로 나는 제대가 돼 돌아온 거야. 이런 손을 갖고는 총을 쏠 수 없으니까. 그런데 말야. 이게 뭐 대단한 부상이라고 자랑하는 게 아냐. 팔다리를 송두리째 잃은 사람도 있고, 눈, 코, 귀 같은 것을 잃은 놈들도 얼마든지 있는데 이까진 거야 문제도 아니지. 아주 생명을 잃은 사람들은 또 별도로 하더라도. 그런데 내가 지금 와서 뼈아프게 후회하는 것은 역시 이 병신된 손 때문이야. 이건 실상 적에게 맞은 것이 아니고, 내 자신이 조작한 부상이야. 살려고, 목숨만이라도 남겨 가지려고. 아아, 정순이, 요렇게 해서 지금 여기까지 달고 온 내 목숨이야."

나는 얘기를 하는 동안에 나 자신도 걷잡을 수 없는 흥분에 사로잡힘을 깨달았다. 나는 다시 담배에 불을 붙인 뒤 한참 동안 고개를 수그리고 있었다.

정순이와 영숙이도 먼저보다 훨씬 대담하게 고개를 들어 내 얼굴을 바라보곤 했다.

나는 연기를 불고 나서 다시 이야기를 계속했다.

"내가 소속된 부대는 ○○사단 ○○연대 수색대야. 수색 중대. 정순이는 이 말이 무엇인지를 모를 거야. 그 무렵의 전투 사단의 수색대라고 하면 거의 결사대라는 거와 다름이 없을 정도야. 한번 나가면 절반 이상이 죽고 돌아오는 것이 보통이야. 어떤 때는 전멸, 어떤 때는 두셋이 살아서 돌아오는 일도 흔히 있었어. 그러자니까 원칙적으로는 교대를 시켜줘야 하는 거지. 그런데 워낙 전투가 격렬하고 경험자가 부족하고 하니까 교대가 잘 안 되거든. 그 가운데서도 내가 특히 그랬어. 머리가 좋고 경험이 풍부하대나. 나중은 불사신이란 별명까지 붙이더군. 같이 나갔던 동료들이 거의 다 쓰러졌을 때도 나는 번번이 살아왔으니까. 얘기가 너무 길군. ……나는 생각했어. 정순이를 두고는 죽을 수 없는 몸이라고, 내가 번번이 죽지 않고 살아 돌아온 것도 정순이 때문이라고. 거기서 나는 결심을 했던 거야. 사람의 힘과 운이란 아무래도 한도가 있는 이상, 기적도 한두 번이지 결국은 죽고 말 것이 뻔한 노릇 아닌가. 위에서는 교대를 시켜 주지 않으니까. 결국 죽을 때까진, 죽을 수밖에 없는 일을 몇 번이든지 되풀이해야 하는 나 자신의 위치랄까, 운명이랄까, 그런 걸 깨달은 거야. 거기서 나는 결심을 했어. 정순이, 정순이를 두고는 죽을 수 없다고. 나는 내가 꼭 죽기로 마련되어 있는 운명을 내 손으로 헤쳐 나가야 한다고. …… 이런 건 부질없는 얘기지만, 정순이! 나는 결코 죽음 그 자체가 두렵지는 않았어. 더구나 생사를 같이하던 전우가 곁에서 픽픽 쓰러지는 꼴을 헤아릴 수도 없이 경험한 내가 그토록 비겁할 수는 없었던 거야. 국가 민족이니, 정의 인도니 하는 건 집어치고라도, 우선 분함과 고통을 견딜 수 없어서라도 얼마든지 죽고 싶었어. 죽어야 했어. 정순이가 아니었더라면 물론 그랬을 거야."

나는 잠깐 이야기를 쉬었다.

정순이는 아까부터 벽에 이마를 댄 채 마구 흐느끼고 있었고, 영숙이도 손수건으로 두 눈을 가린 채 밖으로 달아나 버렸던 것이다.

"그런데 어떤가. 돌아와 보니 정순이는 결혼을 했군. 나는 지금 정순이를 원망하려는 건 아냐. 상호의 속임수에 넘어갔다는 것도 듣고 있어."

"아녜요, 제가 바보예요. 제가 죽일 년이에요."

정순이는 높은 소리로 이렇게 외치며 또다시 흑흑 느껴 울었다.

"그런데 지금부터가 문제야. 나는 어떻게 하느냐 하는 문제야. 내 목숨을 말이야. 나는 이렇게 해서 스스로 훔쳐낸, 그렇지, 소매치기 같은 거지. 그렇게 해서 훔쳐낸 내 목숨이 이제 아무짝에도 쓸데가 없이 됐거든. 내가 이 목숨을 가지고 이대로 산다면 나는 하늘과 땅 사이에 용서받을 수 없는 국가 민족에 대한 죄인인 것은 말할 것도 없지만, 그 불쌍한, 그 거룩한, 그 수많은 전우들, 죽어 넘어진 놈들에 대해서, 내가 어떻게 산단 말인가. 배신자란 남에게서 미움을 받기 때문에 못 사는 것이 아니라, 자기 자신이 외

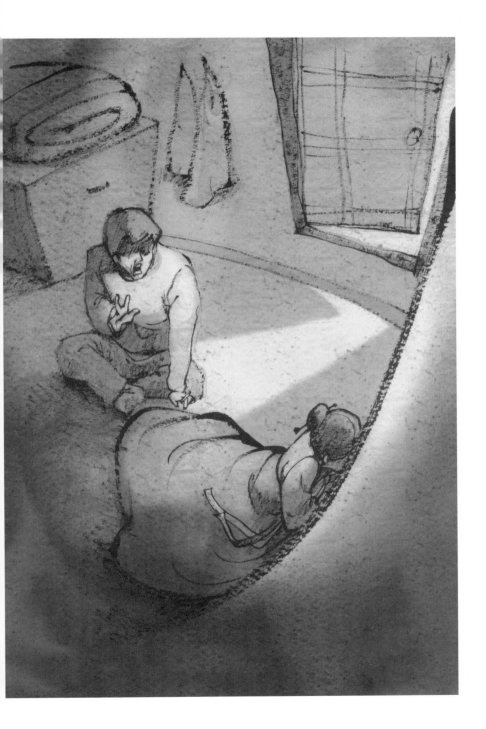

로워서 못 사는 거야. 정순이가 없는 고향인 줄 알았더라면 나는
열 번이라도 거기서 죽고 말았어야 하는 거야. 전우들과 함께 그
들이 쓰러지듯 나도 그렇게 쓰러졌어야 하는 거야. 그것도 조금도
괴롭거나 두려운 일이 아니었어. 오히려 편하고 부러웠을 정도야.
이 더럽게 훔쳐낸 치사스런 이 목숨을 어떻게 해야 한단 말인가?"

"저를 차라리 죽여 주세요. 괴로워서 더 못 듣겠어요."

정순이는 소리가 나게 이마를 벽에 곧장 짓찧으며 사지를 부르
르 떨고 있었다.

"정순이, 들어 봐요. 나는 상호에게도 말했어. 내가 없는 동안
상호와 정순이 사이에 생긴 일은 없었던 거와 같이 보겠다고. 정
순이가 세상에서 없어진 것이 아니라면, 정순이가 나와 같이 있을
수만 있다면, 그동안에 있은 일은 없음으로 돌리겠어. ……정순
이! 상호에게서 나와 주어. 그리구 나하고 같이 있어. 우리는 결혼
하는 거야. 이 동네서 살기가 거북하다면 어디로 가도 좋아. 어머
니와 옥란이도 버리고 가겠어. 전우를 버리고 온 것처럼."

"그렇지만 그 집에서 저를 놓아주겠어요?"

정순이는 나직한 목소리로 혼잣말같이 속삭였다.

"내가 스스로 목숨을 훔쳐서 돌아온 거나 마찬가지지. 결심하
면 돼. 그밖엔 길이 없어. 그렇지 않으면 내 목숨을 돌려줘야 해.

이건 내 것이 아니야. 정순이와 같이 있기 위해서만 얻어진 목숨이야. 그렇지 않으면 세상에도 무서운 반역자의 더럽고 치사한 목숨인걸. 잠시도 달고 있을 수 없는 추악한 장물이야. 어디다 어떻게 갖다 팽개쳐야 좋을지 모르는 추악한 장물이야. 정말이야, 두고 보면 알걸."

"무서워요."

정순이는 아래턱을 달달달 떨고 있었다.

"무서울 게 뭐야. 정순이 첨부터 상호를 사랑해서 결혼을 했다거나 지금이라도 사랑하고 있다면 별도야. 그렇지 않으면 내 목숨에 빚을 주고, 두 사람의 행복을 찾아 나서는 거니까 어디까지나 정당한 일이지 잘못이 아니잖아? 알겠지? 응? 대답을 해줘."

"……"

정순이는 대답 대신 고개를 한 번 끄떡해 보였다.

이때 영숙이 방문을 열었다.

"언니, 저기……."

문 밖에는 정순이 올케(윤이 어머니)가 진짓상을 들고 서 있었다.

"국수를 좀 만들었어. 맛은 없지만……. 그리고 아기씬 안에서 우리하고 같이 할까?"

그녀는 국수 상을 방 안에 디밀어 놓으며 이렇게 말했다.

정순이는 국수 상을 다시 들어 내 앞에 옮겨 놓으며,

"천천히 드세요. 그리구 그 일은 제가 알아 하겠어요."

이렇게 속삭이고 나서 밖으로 나갔다. 나는 국수 상엔 손도 대지 않은 채 담배 한 개비를 피워 물자 밖으로 나와 버렸다.

정순이한테서는 연락이 오지 않았다.

아기 낳고 살던 여자가 집을 버리고 나오려면 어려운 일이 한두 가지일 리 없다고는 나도 짐작할 수 있었지만, 끝없이 날만 보내고 있을 수도 없는 노릇이었다.

여러 가지 어려운 점이 많다는 것은 나도 안다. 남편이나 시부모 이외에 아기도 걸리고 친정도 걸리겠지만, 죽느냐 사느냐 한 가지만 생각해야 한다. 내가 그랬듯이 말이다. 한시바삐 결행 바란다.

나는 이렇게 쪽지에 써서 옥란에게 주었다.

"이거 네가 정순이 언니한테 남 안 보게 전할 수 있거든 전해다오. ……역시 영숙이한테 부탁할 순 없겠지?"

"요즘은 우물에도 잘 안 나오니 어려울 거야. 영숙인 오빠를 너무 좋아하지만 아무렴 저의 친오빠만이야 하겠어?"

옥란은 쪽지를 접어 옷 속에 감추며 혼잣말같이 중얼거렸다.

그러나 옥란도 좀체 정순이를 직접 만날 기회가 없는 모양이었다. 그런대로 영숙이와는 자주 왕래가 있어 보였다.

"영숙이한테 무슨 들은 말 없어?"

"걔도 요즘은 세상이 비관이래."

"왜?"

"그날 정순이 언니하고 셋이서 만났잖아? 자기는 누구 편이 돼얄지 모르겠대. 그리구 슬프기만 하대."

"자기하고 관계없는 일이니까 모르면 되잖아?"

"그렇지도 않은 모양야. 걔 책도 많이 읽었어. 오빠, 한번 만나 주겠어? 오빠가 잘 부탁하믄 걔 무슨 말이라도 들을지 몰라⋯⋯."

"⋯⋯."

나는 대답을 하지 않았다.

옥란에게 쪽지를 맡긴 지도 닷새나 지난 뒤였다. 막 저녁을 먹고 났을 때 영숙이 정순의 편지를 가지고 왔다.

저의 계획을 집안에서 눈치 채어 버렸습니다. 저는 지금 꼼짝도 할 수 없는 몸이 되었습니다. 저는 영원히 봉수 씨를 배반할 마음은 아닙니다. 다시 맹세합니다. 언제든지 봉수 씨가 기다려 주신다면 저는 반드시 그 일을 실행할 날이 있을 줄 믿습니다. 그러나 지금은 간도 쓸개도 없는 썩은 고깃덩어리 같은 년이라고 생각해 주십시오. 죽지 못해 살아있는 불쌍한 목숨이올시다. 부디 용서해 주시고 너무 조급히 기다리지 말아 주시기 바랍니다.

정순이 올림

나는 편지를 두 번이나 되풀이해 읽었다. 내용이 복잡하다거나 이해하기 힘든 말이 들어 있었기 때문이 아니었다. 무언지 정순이의 운명 같은 것이 느껴졌기 때문이었다.

'정순이는 이런 여자였어. 참되고 총명하고 다정하고 신의 있는. 그러나 강철같이 굳센 여자는 아니었어. 순한 데가 있었지. 환경에 순응하는. 물론 지금도 그녀가 나에게 거짓말을 하거나 자기 자신을 속이고 있는 것은 아니야. 그러나 환경에 순응하고 있는 거야. 그녀를 결정하는 것은 그녀 자신의 의지이기보다 그녀를 에워싼 그녀의 환경이겠지.'

나는 편지를 구겨서 바지 주머니에 쑤셔 넣은 뒤 영숙을 불렀다.

"숙이 나한테 전한 편지 누구 거지?"

"언니 거예요."

영숙은 얼굴을 약간 붉히며 대답했다.

"무슨 내용인지도 알지?"

"……."

영숙은 갑자기 얼굴이 홍당무같이 새빨개지며 대답을 하지 않았다.

"난 영숙일 옥란이같이 믿고 있어. 알면 안다고 대답해 줘, 알지?"

"……."

영숙이 이번에는 고개를 끄덕여 보였다.

"내가 없더라도 옥란이하고 잘 지내 줘."

나는 무슨 뜻인지 내 자신도 잘 모를 이런 말을 마지막으로 남기곤 밖으로 훌쩍 나와 버렸다.

나는 어디로든지 가버릴 생각이었던지도 모른다. 그야말로 어디로든지 꺼져 버리고 싶었던 건지도 모른다. 하여간 나는 방 안에서 그냥 자빠져 누워 있을 수는 없었던 것이다. 나는 막연히 정순이를 기다리고 있는 것보다는, 아니, 막연히 정순이를 원망하고 있는 것보다는 차라리 나 자신이 세상에서 꺼져 버리는 편이 낫다고 생각했는지도 몰랐다.

나는 집 뒤를 돌아 나갔다. 우리 집 뒤부터는 보리밭들이었다. 보리밭은 아스라이 보이는 산기슭까지 넓은 해면같이 출렁이고 있었다. 지금 한창 피어오르는 보리 이삭에서는 향긋한 보리 냄새까지 풍겨오는 듯 했다.

내가 보리밭 사잇길을 거의 실신한 사람처럼 터덕터덕 걷고 있을 때, 문득 뒤에서 사람의 발자국 소리 같은 것이 들려왔다. 그러나 나는 그런 것을 뒤돌아볼 만한 관심도 기력도 잃고 있었다. 나는 그냥 걷고 있었다. 그렇게 걷는 대로 걷다가 아무 데나 쓰러져 버렸으면 하고 있었는지도 모른다.

검푸른 보리밭 위로 어스름이 덮여왔다.

그 어스름 속으로 비둘기 뗀지 다른 새 뗀지 분간할 수도 없는 새까만 돌멩이 같은 것들이 날아가고 있었다.

문득 나는 내가 어쩌면 꿈속에서 걸어가고 있는 겐지도 모른다는 생각이 들었다. 나는 발을 멈추고 섰다. 그리하여 아까 날아가던 새까만 돌멩이 같은 것들이 사라진 쪽을 멍하니 바라보고 있었다.

그때다.

"오빠."

거의 들릴 듯 말 듯한 잠긴 목소리였다. 영숙이었다.

나는 영숙의 얼굴을 넋 나간 사람처럼 어느 때까지나 바라보고 있었다.

'너도 슬프다는 거냐? 나하고 슬픔을 나누자는 거냐?'

나는 혼자 속으로 영숙이에게 이렇게 묻고 있었다.

영숙도 물론 꼼짝하지 않고 있었다.

'오빠, 제발 죽지 마세요. 제가 사랑해 드릴게요. 오빠를 위해서 오빠의 도움이 될 수 있다면, 오빠의 아픈 마음을 위로해 드릴 수 있다면 무슨 짓이라도 하겠어요.'

영숙의 굳게 다문 입 속에선 이런 말이 감돌고 있는 듯했다.

다음 순간 영숙은 내 품에 안겨 있었다. 그보다도 내가 먼저 영숙의 손목을 잡아 끌었다고 하는 편이 순서일 것이다. 그러자 영숙이 내 가슴에 몸을 내던지다시피 하며 안겨 왔던 것이다.

그러나 거기서 내가 영숙에게 갑자기 왜 다른 충동을 느끼기 시작했는지 그것은 내 자신도 해명할 길이 없다. 아니 그보다도 갑자기 야수가 돼버린 나에게, 영숙이 왜 자기 자신을 지키기 위해서 마지막 반항을 하지 않았는지 이 역시 해명할 길이 없는 것이다.

하여간 나는, 다음 순간, 영숙을 안고 보리밭 속으로 들어갔다. 그리하여 그녀의 간단한 옷을 벗기고 그 새하얀, 천사 같은 몸뚱어리를 마음껏 욕보이기 시작했던 것이다. 영숙은 어떤 절망적인 공포에 짓눌려서인지, 그렇지 않으면 일종의 야릇한 체념 같은 것에 자신을 내던지고 있었기 때문인지, 간혹 들릴 듯 말 듯한 가는 신음 소리를 내었을 뿐 나의 거친 터치에도 거의 그대로 내맡기다시피 하고 있었다.

그녀는 그때 이미 실신 상태에 빠져 있었는지도 몰랐다. 아니
그보다도, 역시, 자기의 모든 것을, 생명을, 내가 그렇게 원통하다
고 울어 대던 것의 대가로 치러 주는 것이라고 생각하고 있었는지
도 모른다.

이때 까치가 울었던 것이다. 까작까작까작까작 하는, 어머니가
가장 모진 기침을 터뜨리게 마련인, 그 저녁 까치 소리였던 것이
다. 그리고 이와 동시 나의 팔다리와 가슴속과 머리끝까지 새로운
전류(電流) 같은 것이 흘러들기 시작했던 것이다.

까작까작까작까작, 그것은 그대로 나의 가슴속에서 울려오는
소리였다. 나는 실신한 것같이 누워 있는 영숙이를 안아 일으키기
라도 하려는 듯 천천히 그녀의 가슴 위로 손을 얹었다. 그리하여
다음 순간 내 손은 그녀의 가느다란 목을 누르고 있었던 것이다.

김동리

작가 김동리는 1913년 경북 경주에서 출생하였다. 그는 어머니가 42세 때 낳은 늦둥이였는데, 그래서 어머니의 젖은 늘 모자랐다. 더구나 집이 워낙 가난하여 어머니는 늘 일에 바빴고, 그는 형수의 손에 맡겨져 제대로 된 끼니보다는 곡식 가루를 묽게 쑨 죽을 먹으면서 자라났다. 어머니 품이 그립고 죽도 제대로 못 얻어먹던 그는 급기야 어릴 적부터 아버지가 남긴 술찌끼를 빨아먹기 시작하였다. 그러한 버릇은 차차 심해져 그는 아주 어렸을 때부터 취해 비틀거리며 뒤뜰에 굴러 떨어지곤 했다. 그의 아버지는 아주 심한 주정뱅이였으며, 어머니는 아버지의 행패에 못 이겨 기독교에 의지하였고 부부 싸움 끝에 이웃으로 피신하는 일이 잦았다. 김동리는 그런 어머니의 손에 이끌려 교회에 다니며 어린 시절을 보냈다.

김동리는 어릴 적에 죽음과 관련한 여러 경험을 겪는다. 그 자신이 어려서부터 많은 병을 치렀고 해마다 사람이 빠져죽는다는 예기소 근처에 살며 숱한 죽음을 간접적으로 경험하게 된다. 이를 통해 인간의 삶과 죽음에 대해 깊이 생각하게 되는데, 그의 문학에 일관되게 나타나는 종교적 속성은 이런 그의 성장 배경을 반영하고 있다.

김동리는 경주제일교회의 부설학교인 계남학교에 입학하여 경주 인근 야산이나 들판으로 쏘다니기를 좋아하였다. 이런 자연과의 교감은 김동리 문학의 바탕에 깔려 있는 자연 친화적 성격의 계기가 되었다. 6학년 때 그는 교지에 논설과 동화와 동시 등을 한꺼번에 발표하였는데, 논설의 성격이 문제가 되어 일본 경찰로부터 불려가는 경험을 어린 나이에 치른다. 하지만 그는 일본 경찰로부터 '글 잘 쓰는 아이'라는 칭찬을 받기도 하였다. 이후 대구 계성중학과 서울 경신고교로 진학하였으나, 아버지가 타계하고 가세도 기울어 중도에서 학업을 중단하였다. 그래서 그는 정규 교육 대신 철학과 동양 고전 서적에 심취하게 되는 계기를 맞는다.

김동리가 문학의 길에 들어서는 동안 가장 커다란 영향을 끼친 이는 집안의 큰형 김범부였다. 김범부의 집에는 고전과 근대 서적이 천장에 닿도록 쌓여 있었다. 김동리는 학교 중퇴 후 한동안 큰

형의 집에 머물며 그 책들을 두루 섭렵하였다. 김범부는 6세 때 사서삼경을 다 읽었고 경주 일대에는 탁월한 인재로 소문이 자자했던 인물이다. 만해 한용운과 벗할 정도로 유명했던 한학자였고 민족 운동가였다. 김동리는 당시 큰형이 본명인 시종(始鍾) 대신 지어준 '동리(東里)'를 이름으로 쓰기 시작하였다. 그 과정에서 1934년 조선일보에 시 〈백로〉가 가작으로 뽑히고 1935년 중앙일보에 단편 〈화랑의 후예〉가 당선하는 기쁨을 누렸다. 그 후 김동리는 시인부락 동인들과 교유하면서 단편 〈무녀도〉, 〈바위〉 등을 썼고, 야학에서 만난 강사 김계월과 결혼하였다.

해방 후 그는 문단의 중추가 되어 황순원, 조지훈, 박두진, 박목월 등과 함께 청년문학가협회를 조직하는 등 역동적인 문단 활동을 펼쳤다. 그는 1947년 단편집 《무녀도》를 출간하면서 대한민국을 대표하는 작가로 부상하게 된다. 1949년 두 번째 창작집 《황토기》를 펴냈고, 새로 창간된 문예의 주간을 맡았다. 이때 여성 작가 손소희를 만나게 되는데, 그녀가 6·25때 미처 피난하지 못한 김동리를 자기 집에 숨겨주면서 두 사람 사이의 사랑이 싹트게 된다. 그리고 그들은 1953년 세상의 비판에도 불구하고 결혼을 하였다. 그는 나중에 박경리의 소개로 만난 소설가 서영은과도 사랑에 빠졌고, 25년이 지나 부인 손소희가 별세하자 그녀와 결혼하게 된다. 결국 평생 세 번 결혼하였고 늘 사랑에 빠지는 낭만적 성격의 소유자이기도 했던 것이다. 1957년 장편 《사반의 십자가》를 냈고, 1963년 창작집 《등신불》, 1966년 단편 〈까치 소리〉를 발표하였다. 그 후 일생 동안 많은 작품을 쓰다가 1990년 뇌졸중으로 쓰러졌고 오랜 투병 끝에 1995년 별세하였다.

그의 묘비 뒷면에는 친구이기도 한 시인 서정주(徐廷柱)가 '김동리찬(金東里讚)'이라는 글을 남겼다. 거기에는 이렇게 씌어 있다.

"무슨 일에서건 지고는 못 견디던 한국 문인 중의 가장 큰 욕심꾸러기, 어여쁜 것 앞에서는 매양 몸살을 앓던 탐미파 중의 탐미파, 신라 망한 뒤의 폐도(廢都)에 떠오른 기묘하게는 아름다운 무지개여."

그만큼 그는 한국문학을 상징하고 대표하는 거장이었다.

비극적 운명과 구원의 세계

유성호 | 문학평론가, 한양대 국문과 교수

　김동리는 일생 동안 인간의 가장 근원적인 문제를 탐구하였다.
그것을 우리는 인간의 운명과 구원의 문제라고 말할 수 있다. 우
리의 뜻대로 바꿀 수 없는 '운명'과 거기서 벗어나고자 하는 '구
원'의 문제가 김동리 소설의 주제였던 것이다. 김동리는 초기 소
설에서 인간의 허무한 운명의 세계를 탐색하였다. 〈화랑의 후예〉,
〈무녀도〉, 〈황토기〉, 〈바위〉가 그 대표적 작품들이다. 그러다가 중
기에는 전쟁의 비극성을 증언하면서 역사의식과 현실 인식이 강
화된 작품을 썼다. 〈역마〉, 〈흥남철수〉, 〈밀다원시대〉 등이 그 두
드러진 사례이다. 후기작으로 오면 더욱 근원적인 구원의 문제를
다루었는데 〈까치 소리〉, 〈등신불〉, 〈사반의 십자가〉 등이 대표적
이다. 이 가운데 〈화랑의 후예〉, 〈황토기〉, 〈바위〉, 〈까치 소리〉의
세계에 대해 알아보기로 하자.

그의 등단작인 〈화랑의 후예〉는 전통적인 정신세계가 가지는 이중적인 면모를 파헤치고 있다. 그것을 한쪽에서는 비판하고 한쪽에서는 옹호하는 주제 의식을 보이고 있는 것이다.

  작품의 화자인 '나'는 자존심이 아주 강한 '황 진사'라는 인물을 만나게 된다. '나'는 황진사의 행동을 냉정하게 관찰하면서, 자신을 '화랑의 후예'라고 자랑하는 황 진사의 허풍과 자존심 어린 행동을 차분하게 기록한다. 황 진사는 남에게 빌붙는다든지 약장수 패거리와 함께 약 선전을 한다든지 하는 행동을 마다하지 않는다. 이렇게 그는 몰락한 양반의 후예로서의 모습을 생생하게 보여주면서, 변화된 세상에 적응하지 못하는 파락호(破落戸:행세하는 집 자손으로서 허랑 방탕한 사람)로 묘사된다. 여기서 '화랑의 후예'인 황 진사는 시대착오적인 인간으로 부각된다.

  하지만 그는 이토록 혹독한 풍자의 대상이면서 동시에 화자의 눈에 연민의 대상이 되기도 한다. 분명 허세로 보이는 그의 행동에 조선 선비의 어떤 자존심의 그림자가 어른거리기 때문이다. 근대 사회가 밀어 닥쳐오는 당대의 시점에서는 분명 시대에 뒤떨어진 인물이지만, 화자의 눈에 그는 쇠락해가는 조선의 자존심을 마지막으로 지켜가고 있는 인물로 비치고 있는 것이다. 또한 이 작품의 구성은 황 진사의 행동을 몇 개의 삽화로 나열해 제시한 점이 눈에 띄는데, 이는 화자와 주인공 사이의 거리를 적절하게 유지하는 데 기여한다.

이처럼 비판과 동정, 풍자와 연민이 교차하는 지점에 우리의 '화랑의 후예'가 서 있는 것이다. 그리고 가장 전통적인 인물을 '화랑'의 후예라고 작가가 명명한 것은, 그가 신라의 중심이었던 경북 경주 출신이라는 점이 반영된 결과일 것이다.

김동리의 대표작 가운데 하나인 〈황토기〉는 작품 첫머리에 제시되어 있는 세 가지 전설 곧 '상룡설(傷龍說), 쌍룡설(雙龍說), 절맥설(絕脈說)'이 작품을 시종 이끌어가는 작품이다. 이 작품은 두 마리 용의 좌절과 한(恨)처럼 지상에서도 운명의 허무를 온몸으로 겪고 있는 두 사내의 이야기를 담고 있다. 억쇠와 득보라는 두 장사를 통해 전설 속 두 마리의 용은 지상의 인물로 몸을 바꾼다. 특히 설희라는 여인을 두고 벌이는 두 장사의 허무하기 짝이 없는 소모적 혈투는 인간에게 부여된 냉혹한 운명의 모습을 잘 보여준다.

이처럼 전통 설화를 바탕으로 한 허무적 경향은 김동리 초기 작품 세계의 핵심을 이룬다. 황토골에서 매일 벌어지는 이러한 사랑과 증오 그리고 살인과 싸움의 일상은, 강력한 운명 앞에서 허무하게 스러져갈 수밖에 없는 인간의 비극적 상황을 환기하기 때문이다. 특히 마지막에서 억쇠와 득보가 끝도 없는 싸움을 계속할 것처럼 용냇가로 내려가는 장면은, 이러한 허무감을 더욱 강하게 보여준다. 그들은 운명의 가혹함을 벗어나지 못하고 결국 고통을 감수하면서까지 평생 싸울 수밖에 없는 것이다. 여기서 운명은 어떤 절대적 힘으로 형상화되고 있으며, 작가는 그러한 운명의 성격을 이 작품에 밀도 있게 녹여낸 것이다.

이처럼 작품 속에는 시종 폭력과 무지 그리고 죽음이라는 비극적 상황이 반복되고 있는데, 그것을 움직이는 힘은 알 수 없는 운명의 힘인 것이다. 가장 한국적이고 신비적인 소재를 활용하여 삶의 가혹한 운명과 허무주의를 드러낸 명작이라 할 것이다.

〈바위〉는 이른바 '복바위 신앙'을 바탕으로 하여 아들과의 재회를 기원하면서 고통스럽게 바위를 갈다가 세상을 떠난 한 여인의 비극적 생애를 통해, 가혹한 운명의 힘을 형상화하고 있다.

읍내에서 가까운 기차 다리 밑에 모여 있는 불구자들 틈에 여인이 끼어 있다. 그녀는 이곳에 오기 전에는 남편, 아들과 함께 그나마 행복한 생을 살아왔다. 그런데 문둥병에 걸려 약값으로 가산을 날리게 되자 아들은 집을 나가버린다. 남편은 아들이 떠난 뒤 아내를 죽이려고 독을 먹이지만, 그녀는 간신히 죽음에서 벗어나 집을 떠나게 된다. 여인은 다리 밑까지 밀려와 다리 옆의 '복바위'에 돌을 갈면 소원을 이룰 수 있다는 속신(俗信)을 믿고 복바위를 갈기 시작한다. 그래서 꿈에나 그리던 아들을 만나게 된다. 하지만 아들이 다시 사라지자 여인은 밤낮으로 복바위를 갈면서 아들과의 재회를 다시 기다린다. 하지만 마을 사람들의 폭력으로 그녀는 복바위를 안고 죽어간다. 강렬하게 소원하던 아들과의 재회를 성취하지 못하고 마을 사람들이 놓은 불에 의해 자신의 움막이 타오르는 것을 보면서 말이다. 이는 아들과의 재회를 기다리던 여인의 믿음이 가혹하게 소멸되어가는 풍경이다.

그렇게 삶의 비극적 운명은 다시 한 번 김동리 소설 속에 모습을 드러낸다. 이처럼 작가의 시선은 가혹한 운명에 대한 냉정한 관찰과 소외당한 한 여인의 죽음에 대한 연민을 동시에 보여주고 있다.

〈까치 소리〉는 죽음에 대한 불안과 생존에 대한 욕망, 사랑과 분노와 죄책감 등의 불안 심리가 가득 담겨 있는 이색적인 소설이다. 전쟁에서 돌아온 '나'를 중심으로 크게 두 부분으로 나누어볼 수 있는 이 작품은, 전쟁의 비극과 운명의 비극을 동시에 증언하는 작품이기도 하다. '나'가 사랑하는 여인을 찾아 전쟁에서 돌아오는 부분과, 돌아와 마주치게 되는 여러 가지 절망적 상황과 살인 행위 부분이 그러한 두 가지의 비극성을 잘 보여준다.

이 작품은 기본적으로 까치 소리가 가지고 있는 의미 즉 "아침 까치가 울면 손님이 오고, 저녁 까치가 울면 초상이 난다."는 토속 신앙에 의해 줄곧 짜인다. 주인공 '나'의 시선에 의해 차분하게 진술되고 있는 이 작품은, 그 까치소리가 내지르는 사랑과 죽음의 이야기인 것이다. 늙은 어머니는 마을 홰나무에서 까치가 울기만 하면 발작을 일으키고, 사랑하는 정순은 속임수에 넘어가 상호와 결혼한다. 정순에게 상호를 버리고 자신과 결혼할 것을 간청한 정순은 상호의 동생 영숙을 통해 그럴 수 없다고 편지를 전한다. 절망감에 사로잡힌 봉수는 까치소리를 듣고는 영숙을 능욕하고 목 졸라 살해한다.

이 작품은 이처럼 인간의 삶에 부여된 운명의 힘과 그로 인한 절망과 전쟁에 짓눌린 인간의 비극을 잘 보여준다.

결국 작가 김동리는 전통적 세계관을 바탕으로 하여, 인간이 결코 비극적 운명의 거대한 힘에서 벗어날 수 없다는 것을 줄곧 묘사하였다.

하지만 그와 동시에 인간의 삶과 죽음이 가지는 의미를 깊이 있게 탐구하면서, 그는 거대한 비극적 운명과 구원의 드라마를 보여주었다. 가장 한국적이고 근원적인 시선으로 한국 소설의 기틀을 마련한 그를 한국문학은 오래도록 거장으로 기억할 것이다.

유성호 | 문학평론가. 연세대 국문과 및 동대학원을 졸업했으며, 현재 한양대 국문과 교수이다. 저서로 《상징의 숲을 가로질러》, 《침묵의 파문》, 《현대시 교육론》 등이 있다. 현재 계간 『문학수첩』 편집주간, 계간 『시작』 편집위원으로 활동하고 있다.